CARASSOTAQUE

ALFREDO AQUINO

CARASSOTAQUE
Novela

Apresentação-prefácio
Aldyr Garcia Schlee

ILUMINURAS

Copyright © 2008 Alfredo Aquino

Edição © Editora Iluminuras Ltda.

Capa: AADesign/ Alfredo Aquino
Fotos: Pierre Yves Refalo, 2008
Modelo: Vitória Cuervo
Revisão: Caroline Franco
Fotografia do autor: Pierre Yves Refalo
Editoração Eletrônica: Samanta Paleari
Projeto Gráfico: AADesign/Iluminuras

Personagens, locais e situações são ficcionais, não tendo relação com a realidade, nem se referem a pesssoas, ou fatos objetivos e não contém juízos de opinião.

CIP-BRASIL. CATALOGAÇÃO-NA-FONTE
SINDICATO NACIONAL DOS EDITORES DE LIVROS, RJ

A669c

    Aquino, Alfredo
        Carassotaque : novela / Alfredo Aquino. - São Paulo : Iluminuras, 2008.

        ISBN 978-85-7321-286-0

        1. Novela brasileira I. Título

08-3423.   CDD: 869.93
                                            CDU: 821.134.3(81)-3

12.08.08   13.08.08   008152

2 0 0 8
Editora Iluminuras Ltda.
Rua Inácio Pereira da Rocha, 389
CEP 05432-011 São Paulo SP Brasil
Fone: 55 11 3031-6161 Fax: 55 11 3031-4989
iluminuras@iluminuras.com.br
www.iluminuras.com.br

SUMÁRIO

Apresentação de capa - *Luís Augusto Fischer*
Apresentação - *Aldyr Garcia Schlee* 07
1. *"Esse povo, mesmo sem cabeça, sabe o que faz,"* 17
2. A República de Austral-Fênix 23
3. Carassotaque 31
4. Primeira notícia 38
5. Segunda notícia 47
6. Conversa com Antônio 55
7. O incidente 64
8. As imagens e o fato 78
9. Na estrada para Analeoa 85
10. *"Os dentes estavam bem visíveis!"* 95
11. Amor de renascença 107
12. Assim nos vemos 113
13. Revelação fotográfica 125
14. *"Algo está mudando, lá para os lados do Golfo"* 134

LUGARES MARAVILHOSOS E OS RETRATOS DO POVO DE UM LUGAR

Aldyr Garcia Schlee

Lendo *Carassotaque*, de Alfredo Aquino, pus-me diante de um dos lugares maravilhosos (fantásticos, extraordinários, assombrosos, incríveis, inauditos), que só a literatura pode oferecer. Um mundo de sonho - às vezes inquietante, às vezes delirante; e de sonhadores - sempre surpreendentes e admiráveis.

O primeiro mundo de sonho que freqüentei foi *Ophyr*, onde a cada três anos as naus mandadas fazer pelo rei Salomão iam buscar ouro, prata e marfim - e surpreendentes bugios e pavões. Um lugar até hoje perdido na Bíblia e nos mapas, cujo nome com *p-h-y* encantava o guri de dez anos que eu era, além de povoar minha imaginação com sua inacessível fauna e sua inesgotável riqueza.

Quando meu tio Oscar passou a ler para mim a *Odisséia*, em espanhol, estive em todos os lugares mágicos de Homero, ilha a ilha, cidade a cidade, pelo mar e pelo céu, pelas cavernas e rios profundos, às voltas com as entidades mais extraordinárias e fantásticas que haveriam de me acompanhar para sempre; mas nunca esqueci os pequeninos e tenebrosos mundos insulares de *Esquila* - devoradora de pobres marinheiros inadvertidos - e *Caríbide* - que, apesar de toda a encantadora sonoridade de seu nome, era capaz de vomitar rios inteiros no mar, só para afundar em redemoinhos os navios de meus pesadelos.

   Meu universo imaginário, estimulado pela mitologia e pelo cinema, encontrou no faroeste de *Winnetou* e no remoto oriente do Curdistão bravio duas referências geográficas importantes, logo complementadas pela selva africana de *Tarzan*. Mas, se Edgar Rice Burroughs ficou na África com seu homem macaco e não me fez ir além do mundo inventado de sua cidade esquecida de *Ashair* e de seu reino feminino de *Alale*, depois de eu andar perdido por seu continente de *Pelucidar*, o alemão Karl May (que nunca esteve nos lugares descritos e só parece ter estado nos lugares fabulados), esse alimentou a fantasia de todos os da minha geração além das inóspitas pradarias e dos intrépidos índios americanos, projetando-nos definitivamente em lugares e países de mentira tão maravilhosamente reais como os das lendas de verdade, a partir do inesquecível Ardistão, cujo isolamento justificava seus segredos e enigmas; cujos déspotas tinham sempre o mesmo sonho, em que eram julgados por suas vítimas; e cuja capital *Ard* foi "*a cidade dos mortos*" (em que terá se inspirado Érico Verissimo, para criar a sua Antares).

   Como não me encantar, então, com a pequena ilha do desespero ou da esperança, de *Robinson Crusoe* - que meu professor de inglês nos fazia explorar nas páginas de Daniel Defoe? Como não me reencontrar pasmado com as memoráveis façanhas da *Ilha do Tesouro*, que meu tio Emílio já me contara sussurrando, com seu olho de vidro, como se fossem coisa sua e não da pena de Robert Louis Stevenson? A literatura de viajantes, centrada na geografia, nos costumes, na flora e na fauna de lugares remotos, haveria de ceder lugar definitivamente à literatura de viagens - les voyages extraordinaires - na rota de cidades e mundos imaginados.

Dentre essas cidades e mundos imaginados não estou repassando aqui os paraísos e infernos do mundo mítico e dos lugares do futuro da *science-fiction*, nem nos conhecidos lugares reais do faz-de-conta que a necessidade e a engenhosidade de quem os descreve e aborda escondeu sob nome falso, como a *Macondo* de García Márquez; a *Santa Fé*, de Érico Verissimo; ou a *Santa María* de Juan Carlos Onetti; ou mesmo o impronunciável *Yoknapatawpha* de William Faulkner; a *Balbec* de Marcel Proust; o *Wessex* de Thomas Hardy.

Entre o fazer-de-conta que não se inventa e o fazer-de-conta que só se inventa estão os mundos e cidades e coisas da pura imaginação. Desde os mistérios das ruínas de *Blackland*, de Jules Verne; os sonhos da caverna de *Alastor*, de Percy Shelley; a beleza do domínio de *Arnheim*, de Edgar Allan Poe; o terror da mansão de *Baskerville*, de Conan Doyle - até os cavalos de *Abdera*, de Leopoldo Lugones; o açude de *Winton*, de Graham Greene; o castelo ou a colônia penal, de Franz Kafka; a biblioteca de Babel, de Jorge Luis Borges; o país mutante, de Salman Rushdie; a abadia da Rosa, de Umberto Eco;

as dezenove ou vinte cidades invisíveis de Ítalo Calvino - tudo pura invenção e fantasia fora do palpável e do localizável. Trata-se de uma outra realidade, como é próprio da realidade literária; mas esta outra realidade é, sim, uma realidade sem par: a realidade literária posta fora da realidade concreta, idêntica apenas a si mesma e escamoteando o verdadeiramente fático para fazer de conta que não se supre dele, que pode viver e parecer sem ele, e que é só ela, sozinha, extraordinária.

De certa maneira, os territórios dos homens puros, sadios e organizados da isolada *Bensalém*, de Francis Bacon; como os dos gigantes de *Brobdingnag* e o dos pequeninos de *Liliput*, de Jonathan Swift - tanto quanto os lugares fantásticos do *País das Maravilhas*, de Lewis Carroll, e o mundo colorido de *Oz*, de L. Frank Baum - são igualmente extraordinários, bem como a aventura de conhecê-los. Mas, se a magia destes lugares e deste mundo está impregnada da fantasia do reconhecidamente impossível, enchendo de encantamento sua realidade ficcional; a magia de *Besalém* e das terras de *Gulliver* reduz-se à fantasia do aparentemente possível, oscilando entre o natural e o sobrenatural, na reprodução do almejado e na construção de uma utopia.

Quando o Brasil ainda estava sendo descoberto, inventou-se uma ilha chamada *Utopia*, como um padrão perfeito de organização e de vida social. A *Utopia*, de Thomas More, desde então tem sido o modelo clássico desse tipo de literatura fantástica e alegórica, com uma característica muito própria - a de ser propositiva, além de inventiva: ela não se conforma em criar um mundo ideal e desejável; ela o propõe, como alegoria, à curiosidade, à crítica e à aceitação do leitor.

É nessa trilha utópica - que Thomas More inaugurou e Francis Bacon seguiu, como tantos outros, descrevendo-nos e sugerindo-nos um mundo novo - que se inscreve, também Samuel Butler, com seu *Erewhon*, reino que guarda com *Astral-Fênix*, de Alfredo Aquino, uma coincidência: a sua presumível localização geográfica nas proximidades da Austrália (mas a oeste); revelando a dificuldade que existe para se encontrar no mundo real, conhecido e penetrável, um outro mundo simbólico e figurado que lhe sirva de lição.

Pois, vencendo essa dificuldade, Alfredo Aquino pôs sua insular *República Federal de Austral-Fênix* igualmente na Oceania, mas entre a Nova Zelândia e a América do Sul. E, desde o detalhamento preciso de sua delimitação marítima, oferece-nos sua alegoria sob o intrigante título de *Carassotaque*.

Austral-Fênix é um incrível país em que as pessoas não têm olhos, boca, ouvidos... Suas feições se apagaram, apagaram-se seus rostos; e desapareceram suas caras, desapareceram suas cabeças. Quase repentinamente, as pessoas passaram a perder os seus rostos e as suas próprias cabeças, que já não podiam ser vistas em qualquer situação. Ninguém via a cara de ninguém: *"era como se os olhares não se cruzassem nunca"*. Havia passado um longo período de despotismo em que todos, indistintamente, tinham se dobrado à submissão e ao medo: ninguém mais fora capaz de encarar ninguém nas ruas, nos lugares públicos, rosto-a-rosto, olhos nos olhos, mesmo em casa, nas famílias. Aos poucos, todos baixaram as vistas, foram deixando de se ver - até que os rostos já não podiam ser vistos, as cabeças deixaram de ser vistas. Mas as cabeças continuaram existindo, estavam lá, íntegras, vivas, pensando; podiam até ser tocadas, sentidas pelo tato, e isso ninguém ousava fazer, pois elas tinham desaparecido. Elas eram vistas através das lentes. Eram vistas nas publicações, nas emissões de TVs, nas imagens fotográficas, nos cartazes de rua, nos filmes, em tudo que era impresso - e nos espelhos. No espelhismo de sua novela, Aquino utiliza um recurso característico do texto alegórico: a simplificação da escrita que aumenta e facilita a clareza da leitura; que, ao mesmo tempo, conduz e induz facilmente o leitor pelo estranho mundo descrito como se fora seu próprio mundo, ressaltando a alegoria do texto e impondo a reflexão (o refletir) entre o suposto e o acontecido, entre o inventado e o não-inventado, entre o que foi e o que poderia ter sido. Ele nos coloca diante de imagens em que nos vemos, envolve-nos em situações que nos comprometem, remete-nos a um incrível mundo em que acabamos por acreditar - embora não nos vejamos nele.

Em Austral-Fênix acreditava-se que o desaparecido nunca mais reapareceria: os rios, a floresta, os peixes, os rostos das pessoas... Mas, curiosamente, há em Austral-Fênix uma antiga canção popular que também diz: *"Olhando no fundo dos teus olhos, vejo direto o teu sentimento; é a minha verdade o que atina o momento...*" E há espelhos. E a fotografia; e fotógrafos. E revelações.

O espelhismo da novela de Alfredo Aquino, ficcionista, já se antecipara no espelhismo das pinturas do artista Alfredo Aquino, reproduzidas em um precioso álbum intitulado *Alfredo Aquino - 25 Cartões Postais*, publicado em 1995, numa primorosa edição Animae. Na apresentação desse livro de arte, Ignácio de Loyola Brandão já havia percebido que os rostos desapareciam nas pinturas de Aquino. E - perguntando "*onde estão os rostos da humanidade?*" - observava que num mundo cada dia mais densamente povoado, as multidões enchem as ruas e o indivíduo desaparece, cancelando-se o eu em favor de uma turba sem rosto.

A propósito dessa peculiaridade da obra pictórica de Alfredo Aquino, Ignácio dizia: "*hoje, quando, navegamos em razoável democracia, olhamos para os quadros de Alfredo Aquino e nos perturbamos com a quase total ausência de rostos. Ou melhor, os rostos existem, mas não os traços que definem olhos, boca, nariz, queixo. Acabamos transformados em um povo sem olhos - e como é possível adivinhar a alma, se os olhos inexistem? E como é possível falar, respirar, viver neste mundo sem boca e sem nariz? Aqui e ali, nem a cabeça existe, o que se vislumbra é algo deformado, não humano, irreal. Aquino retrata a perplexidade do homem dentro de uma realidade povoada por medo*".

Demonstrando a inquietação do povo brasileiro ante a falta de estabilidade e de trabalho, ante o aumento dos preços e a impossibilidade de se programar o futuro, ante a ausência de líderes e de administradores, ante a voracidade do empresariado, e lamentando a inconsciência cívica de todos nós, Ignácio encontra e revê nessa realidade, os homens e mulheres sem rosto do pintor. Percebe que tal realidade se amplia porque a inquietação não é somente brasileira; e conclui que nisso Aquino revela sua universalidade: "*os homens sem rosto estão por toda a parte*".

"*Este é o mundo que Alfredo Aquino, tendo exposto pelo Brasil inteiro, em individuais e coletivas tendo exposto na França, mostra, cheio de dor e de amor pela humanidade. Com certeza ele espera que completemos estes traços que faltam*" - diz Ignácio. E remata: "*Todavia, para fazer isto, precisamos mudar. Salvar este mundo. Neste ponto, a obra de Aquino é denunciadora e clama por atitudes*".

Passaram-se treze anos desde a publicação desse livro de Alfredo Aquino e desde que se divulgou o texto acima citado de Loyola Brandão. O pintor Alfredo Aquino publicaria em 2004 *Cartas/Lettres* (Iluminuras), em parceria com o mesmo Ignácio de Loyola Brandão, para - finalmente, em 2007 - lançar seu primeiro livro como escritor: *A Fenda* (Iluminuras), no qual Luis Fernando Verissimo encontrou "*um artista da palavra*".

É diante desse pintor e escritor que o leitor deste livro agora se vê e se encontra.

Capão do Leão, fevereiro de 2008

Para meus pais, Teresinha e Alfredo

1. "ESSE POVO, MESMO SEM-CABEÇA, SABE O QUE FAZ, MOSTRA BEM QUEM É..."

(Canção popular anônima, em Austral-Fênix)

Os rostos podiam ser vistos, todos sem exceção, pelas lentes e através dos reflexos nos espelhos. Ou seja, nas fotografias, nas imagens das telas, no cinema, nos grandes espelhos públicos e nos de suas próprias casas, nos retrovisores dos carros, nos ecos das vitrines, ali todos tinham as suas respectivas faces, mas nas ruas da realidade, nas esquinas, nos locais de trabalho, nas fábricas, nos escritórios, nos mercados, nas lojas, nos ônibus, dentro dos carros vistos desde fora, não. Ninguém tinha rosto, nem tinha a própria cabeça. Os transeuntes caminhavam por todos os lados, como formigas, sem as cabeças.

Nos jogos de futebol, nos estádios, não havia cabeças nem no campo, nem nas arquibancadas, a não ser que no jogo e na torcida estivessem presentes os estrangeiros, aí sim, estes tinham as suas cabeças nos devidos lugares e elas eram visíveis por todos, pelos outros jogadores e pelos torcedores, pela imprensa. Aliás, os estrangeiros sempre viam os rostos e as cabeças de todos, em quaisquer circunstâncias e então, para eles a situação não parecia tão bizarra. Mas a seleção de futebol austral-feneciana não era muito habilidosa, nunca acertara um conjunto solidário e harmônico, não possuía um bom jogo aéreo, jamais fora muito longe na Copa da Oceania e dessa forma, nunca participara de uma Copa do Mundo. Nos teatros, nas apresentações da orquestra sinfônica ocorria a mesma coisa, nos hotéis e aeroportos, portos de mar. Nesses locais públicos não se via a cabeça de nenhum feneciano, apenas a dos estrangeiros.

Esses, os estrangeiros, ostentavam as suas cabeças, dos nativos nada se via, não se viam as cabeças, tampouco as faces. No cinema, na tela, todos, de qualquer nacionalidade, fenecianos incluídos, tinham as suas cabeças e seus olhares cheios de significados, bem visíveis. Lentes.

Aquilo começara, quase repentinamente, primeiro nas grandes metrópoles e logo, de maneira contagiosa, estendera-se por todas as cidades e áreas rurais, as mais distantes, as mais desinformadas. Até o deserto fora atingido, durante o tempo demorado da ditadura. Disseram que fora por causa do medo que tomara conta de tudo, ou pela vergonha. Nunca se soube ao certo quais as causas daquilo. Muito estranho.

O país era grande, continental, cercado de mar por todos os lados, uma ilha enorme, sem fronteiras por terra com qualquer outro país, o que o tornara bem particular.

Quase repentinamente, as pessoas passaram a perder os seus rostos e as próprias cabeças, que foram sendo apagadas dos cotidianos mais triviais, das rotinas e do convívio social. Ninguém via mais a cara de ninguém, era como se os olhares não se cruzassem nunca e, naqueles tempos sombrios e ameaçadores da ditadura de *aço inox*, que todos os habitantes foram obrigados a suportar, isso ocorrera e perpetuara-se. Todos se acostumaram e a vida continuou como se aquilo fosse normal.

O fato do país ser uma ilha contribuíra para o desespero silencioso daquela população, uma forma de resignação coletiva com o desamparo, com a falta de perspectivas de fuga, com a ausência de alternativas para a salvação, e talvez, para a perda ou matização dos ideais e dos valores.

O medo! O medo fora um sentimento coletivo, uma inundação pegajosa, morna, repulsiva, que foi tomando conta inclusive dos próprios opressores num momento indeterminado. Todos, sem exceção, por motivos antagônicos, ficaram com medo a um tempo preciso, ninguém mais fora capaz de encarar ninguém nas ruas, nos lugares públicos, rosto-a-rosto, olhos nos olhos, mesmo em casa, nas famílias. Aos poucos, todos baixaram os olhos, foram desfocando-se, perdendo as feições até que os rostos deixaram de ser vistos, até as cabeças deixaram de ser vistas. Sucedeu uma renúncia coletiva.

Espelhos.

No momento em que a ditadura extingüiu-se em tédio, nada mudou nessa paisagem existencial, as pessoas tinham se acomodado à ausência de identidade pública. Isso facilitara algumas coisas, novos comportamentos e até, naturalmente, as atividades excusas. Um fenômeno conveniente. A surpresa fôra a conformação generalizada, total.

Ausência de atitudes discordantes.

Consolidou-se numa espécie de nova cultura de relacionamentos e uma característica peculiar daquela nação, fundamentalmente daquela população.

Sem faces e sem cabeças.

Mas as faces e as cabeças continuaram existindo, estavam lá, apenas não eram mais vistas em público, ao natural. Podiam ser tocadas, sentidas pelo tato, mas isso ninguém ousava fazer.

Elas eram vistas através das lentes. Eram vistas nas publicações, nas emissões de TVs, nas imagens fotográficas, nos cartazes de rua, nos filmes, em tudo que era impresso, portanto, aparentemente tudo se realizava em vida normal, especialmente para quem vinha de fora, que via os rostos de toda a gente, sem nenhum problema. As suas faces, estrangeiras, estranhamente, também eram vistas por todos, portanto, havia uma assincronia visual extravagante: os habitantes locais, que não se viam uns aos outros porque aparentavam sem cabeças, identificavam imediatamente os estrangeiros, a sua presença, pelas cabeças, faces e olhos, e estes não percebiam claramente o jogo espantoso em que estavam metidos.

Lentes capturavam e espelhos refletiam, normalmente e em todos os lugares, até nos mais desprovidos.

Curiosamente, quando viajavam para fora de seu continente, ao saírem de certos limites geográficos, os habitantes daquele país distante transformavam-se quase instantaneamente, já nos aviões e nos navios.

Passavam a ostentar as cabeças e rostos, sendo percebidos entre si, completos, como se, fora de seu próprio país, adquirissem uma nova identidade até então dissimulada em ausência, a de suas próprias feições ocultas. Sutileza que especializava aquela gente, ocultando-a de si mesma e revelando-se de maneira inusitada numa realidade alterada e externa ao seu local de existência habitual. As pessoas mudavam seus comportamentos quando viajavam para fora, exterior este que se confundia quase com um outro planeta.

Era difícil de entender aquilo, mesmo.

A própria a ditadura, que estava na raiz daquela distorção de percepção física, também tivera, desafortunadamente, uma aceitação generalizada e uma reinterpretação matizada sobre a qual se confundiram todas as responsabilidades.

Os que discordaram sempre deram um jeito de acomodar as coisas e não exacerbar os confrontos. Encontraram eles próprios justificativas ou certas atenuantes para o que não concordavam, em nome da sobrevivência ou de uma debilitada autenticidade nacional, que perdoava tudo e era tida como virtude superior. Aquele caráter insular tristonho confundira as coisas e as deixara, evidentemente, difusas e ambíguas para os de fora e para os de dentro. O que se sabia mesmo era que, quando fora, os daquele país davam um jeito de aparentar e de se comportar de maneira mais parecida com os de fora mesmo. Mimetizavam-se integralmente, como camaleões humanos, e nem se davam por surpreendidos, o fenômeno era aceito assim, coletivo e inexplicável. Quando voltavam para casa, tudo se modificava instantaneamente, com vigor notável. Como se reativassem uma herança pétrea de DNA, rostos e cabeças sumiam instantaneamente do dia-a-dia. Silenciosamente. Acontecia um pouco antes da chegada dos aviões e dos navios ao continente-ilha. Sempre acontecia. Nas fotografias as mesmas pessoas permaneciam presentes, digitalmente ou em película, nas reproduções em papel, elas sempre apareciam bem, coloridas, sorridentes e seguras, exatamente como em todos os lugares em que tinham estado anteriormente, em qualquer ponto outro do planeta.

Os estrangeiros que os acompanhavam nessas chegadas espetaculares, nada percebiam, viam a todos e eram vistos por todos, de cara plena. Não se davam conta da mudança repentina, da súbita ausência das cabeças dos habitantes nativos e aparentavam, eles próprios, silhuetas um pouco mais altas nas filas de desembarque e de aduana, para quem os observava à distância.

"*Esse povo, mesmo sem cabeça,*
sabe o que faz,
mostra bem quem é,
sabe se provar,
não mostra a cara,
mas é gente,
com quem se pode contar..."

2. A REPÚBLICA DE AUSTRAL-FÊNIX

O país ficava distante do mundo considerado ativo, isolado na sua condição de ilha longínqua, era tido como exótico, folclórico e até um pouco esquisito; porém, no exterior não se acreditava naquela história de país de gente sem cabeça. Afinal, ninguém jamais conseguira fotografar ou filmar sequer uma pessoa; ou documentar uma paisagem urbana em que aparecesse gente sem cabeça. Um despropósito, uma loucura. Coisas de um país praticamente invisível nos mapas e nas cartas geográficas. O mítico país dos sem-cabeça era tido como um Eldorado imaginário e impossível de ser encontrado e testemunhado na realidade concreta. Ao contrário, as imagens fixadas apenas comprovavam a presença constante das cabeças e das faces nas cabeças. Uma situação normal e nada perturbadora, não havia preocupações consistentes com aquele país, que projetava uma imagem cordial e amistosa.

Artistas locais pintaram durante curto período de tempo umas séries curiosas, de aceitação restrita e apenas regional, naquele território de hábitos considerados espantosos, nas quais apareciam uns seres sem-cabeça, uns retratos loucos, variações alucinadas da realidade, mas aquelas imagens inoportunas seriam consideradas interpretações artísticas livres, bizarras, surrealistas, com certa licença de criatividade e, ao final, de um gosto bastante duvidoso.

Eram curiosidades opressivas que não chegaram a ter repercussão internacional, e certamente confirmaram a tendência à esquisitice daqueles habitantes ultramarinos, de comportamento, ética, cultura, musicalidade e língua considerados diferentes. Mas eram igualmente considerados simpáticos, apesar de tudo.

Fotografias realizadas sem as cabeças foram tentadas em tempos de tecnologia contemporânea, com a utilização de programas para manipulação de imagens em computadores, porém, os resultados foram tidos como infantilidades, de estética vulgar, quase uma escatologia. Uma invasão inaceitável sobre a privacidade e sobre os direitos de preservação do anonimato aos cidadãos fenecianos. Foram consideradas falsificações, fraudes, e definitivamente restaram rejeitadas por todos.

O país-continente Austral-Fênix (oficialmente conhecido como República Federal de Austral-Fênix) é o segundo maior país da Oceania, localizando-se sobre a grande placa tectônica do Pacífico Sul, ocupando um largo espaço entre a Austrália e a Nova Zelândia a oeste, e a América do Sul a leste, com várias ilhas adjacentes.

Austral-Fênix é banhado a noroeste pelo Mar de Coral; ao norte pelo Oceano Pacífico; ao sul e a sudoeste pelo Oceano Índico, pelo Mar de Ross e pelo Oceano Pacífico Antártico; e finalmente a leste pelo amplo

Oceano Pacífico. Através desses mares tem fronteiras marítimas com a Nova Zelândia, com Tonga, com a Polinésia Francesa, com as ilhas inglesas de Pitcairn e com o Chile.

A língua oficial é o português, em razão de sua descoberta e colonização iniciais. A capital do país é a cidade de Alma. O país possui uma população total de aproximadamente 26.500.000 habitantes, entre os nativos austral-fenecianos (descendentes de colonizadores originais portugueses e diversas outras imigrações), um limitado número de aborígenes austral-fenecianos e os estrangeiros residentes.

A ilha-continente tem um formato de losango horizontal alongado; na parte superior, a noroeste, localiza-se uma grande floresta tropical, com uma cidade recente e planejada em seu centro, Plano, de arquitetura contemporânea, banhada pelo caudaloso Rio Borges; no eixo central superior e levemente descentralizada, a nordeste do losango, situa-se uma ampla baía, chamada Golfo dos Franceses, e a cidade-porto, Polinésia.

A nordeste, tangenciando uma região que foi intensamente desmatada no início do século XX, para a formação dos campos de pastagens para gado bovino e ovino, numa região-cinturão atualmente com alguns indícios preocupantes de desertificação, situa-se a capital do país, a bela metrópole Alma, com alto índice de concentração populacional e com sérios problemas sociais. Situada próxima, a leste, a grande cidade de Porto Pacífico, na extremidade aguda do losango, aponta em direção à América Latina.

Ao sul, a poderosa região industrial do país, centralizada na dinâmica cidade de Fênix Antártica, é a área mais rica e poluída do país; e por fim, situada no extremo oeste do losango, na direção da Nova Zelândia, o diadema de balneários e praias magníficas em torno da alegre e turística cidade de Analeoa.

Quando as feições dos fenecianos começaram a desfocar-se e, logo em seguida, houve o desaparecimento generalizado das cabeças dos habitantes locais, fenômeno ocorrido a partir dos anos 70 do século passado, desenvolveu-se quase simultaneamente um rico espaço de trabalho para os fotógrafos profissionais, para os cineastas, para os gráficos, para a imprensa de imagens, para as redes de televisão, que se expandiram largamente, juntamente com o enrijecimento cruel da ditadura militar, com o medo crescente de todos, nos tristemente célebres anos de *aço inox* de Autral-Fênix.

A ditadura mostrou-se dura e atroz, talvez porque o país, embora amplo e potencialmente rico com suas florestas e riquezas minerais, estivesse distanciado dos outros países e fosse uma ilha, quase inacessível, sem fronteiras de terra, o que reduzia consideravelmente as possibilidades de trânsito e fuga para as pessoas descontentes, e aparentasse ser *quase invisível* no concerto das nações.

Um lugar verdadeiramente perigoso, como se fora o Paraíso perdido, depois do desvio primordial.

Parecia uma nação esquecida no meio do oceano,

sem importância real para o restante do mundo, com um fuso horário deslocado, e por causa disso seus habitantes, sofreram muito com o infortúnio histórico.

O medo soturno instalou-se crucialmente nos espíritos, contaminando todos com um sentimento silencioso de impotência e abandono. Daí, num espaço breve de tempo, todos perderam suas cabeças.

"*Profissão?*", perguntou o policial na aduana, observando duramente o recém-chegado.

"*Fotógrafo profissional. E jornalista-correspondente...*", respondeu Celan Gacilly sustentando com serenidade o olhar agressivo do fiscal.

"*O que há na bagagem? Algo a declarar?*"

"*Nada a declarar. Apenas o meu material de trabalho, equipamento fotográfico registrado na origem... e roupas.*"

O agente aduaneiro carimbou e devolveu a Celan o passaporte europeu, observando-o silenciosamente entrar no salão e dirigir-se para os compartimentos de entrega de bagagens do aeroporto internacional.

O fotógrafo vira o rosto do policial, olhos assestados diretamente nos olhos, um do outro, o fiscal também observara, com dureza, o estrangeiro. Celan não se deu conta de que a vigilância sobre os habitantes locais contava com a ajuda de um engenhoso sistema de espelhos, distribuído por todos os lados. O fotógrafo viu a quantidade exagerada de espelhos mas naquele momento não percebeu a relevância de sua necessidade. As câmeras de TV em circuito interno de vigilância ficariam populares apenas 20 anos depois.

Essa era a primeira viagem de Celan Gacilly para a Austral-Fênix, em vôo proveniente da Polinésia Francesa. Eram os anos 90, a ditadura terminara debilmente poucos anos antes, a democracia estava sendo lentamente restabelecida com extrema fragilidade, e havia muito medo.

Medo distribuído por todos os lados. Crônico e grudento, colava-se a tudo e a todos como melado.

Ele ouvira falar naquela história maluca de um povo sem rostos e sem cabeças. Ficara curioso com a feitiçaria, mas não conseguira atinar em nada à sua volta. Tudo estava normal. Via todo mundo com seus rostos e cabeças, bem postados nos devidos lugares.

Os habitantes em torno, naturalmente curiosos, observavam-no com toda a atenção e viam a sua cabeça majestosa, plantada sobre os ombros como uma árvore de copa cheia, primaveril, podada em formato oval, e nela, o seu rosto, estampado, luminoso, a cabeleira negra, volumosa. Evidentemente não viam os rostos dos demais passantes, que não eram estrangeiros como ele. Mas isso permanecia em silêncio. Era o segredo que todos mantinham, sem pronunciar palavra sobre o assunto tabu.

Sem comentários.

A profissão de fotógrafo esteve em alta cotação naqueles dias em Austral-Fênix, Gacilly permaneceria por ali e tiraria proveito disso nos anos seguintes de sua chegada àquele local de comportamentos profundamente diferentes e que se revelaria cada vez mais estranho e surpreendente para ele, a cada dia em que ali viveria.

"*Esses hábitos, esse medo submarino, de fossa abissal, denso e sob intensa pressão, os comportamentos oblíquos de todos, essa espécie de ética em dialeto, intraduzível, esse silêncio de ações, isso me angustia e eu nunca me senti integrado aqui*", ele confessaria, com amargura, 15 anos depois de sua chegada à ilha, e tal fato estava bem revelado na sua cara, a que permaneceu sempre aparente. Todos percebiam isso imediatamente. A sua indisfarçável dificuldade de integração. Era uma espécie de logotipo em *neon*, adstringente e vermelho, numa fechada noite de chuva.

Carassotaque.

Era como chamavam os estrangeiros que chegavam e ainda mantinham a sua aparência intacta em tempo integral, por um tempo maior ou menor. Era algo assim: o rosto ficava ali informando que aquela pessoa tinha vindo de fora, que permanecia ainda vinculada aos comportamentos alienígenas, de outras culturas e latitudes. Carassotaque era aquele que continuava a ser mais de fora do que da ilha-continente. Como quem mantivesse um sotaque de fala para preservar indefinidamente vínculos anteriores, de outras tradições e costumes.

Aos poucos, esses mesmos estrangeiros iam se adaptando, integrando-se e, sem perceber, estavam dentro, perdiam a própria identidade, o rosto e a cabeça. Passavam a ser do lugar.

A ausência da cabeça era o estigma da integração. Com o fotógrafo Celan isso ainda não acontecera e jamais viria a acontecer. A cabeça e rosto onipresentes, permaneciam visíveis.

Carassotaque.

3. CARASSOTAQUE

"*Jamais chegar atrasado, estar presente sempre no minuto combinado, pontualmente*".

"*Não consigo compreender essa aceitação frouxa acerca de comissões e prêmios disfarçados, distribuídos aqui e ali como se não fossem tão importantes assim... nada grave, como se diz.*"

"*A corrupção não ocorre só com o dinheiro público, ela é perniciosa também no setor privado, aliás, geralmente é por onde começa e se faz maior e mais eficaz, silenciosa, aprovada sem testemunhas, sem a vigilância pública*".

"*A questão que se impõe deveria ser: quantos aceitam e não quem aceita... é sempre uma questão de número, maioria ou minoria...plural ou singular?*"

"*Muitas situações aparentemente singelas são cruciais e não parecem assim, aparentam ser apenas inofensivas e de pouca monta, mas o que se coloca não é uma questão moral, é o princípio, é um exercício cotidiano da ética,...o troco escamoteado e não devolvido, o desvio da pensão de uma tia idosa e indefesa, a nota fiscal aumentada para tirar proveito no futuro, o valor do contrato diminuído, a esperteza de se comprar algo valioso por um valor depreciado, matar alguém e transformar o fato em item aceitável de* curriculum vitae...*"

"Acreditar em Deus e não seguir os preceitos religiosos,...ou, igual, não acreditar em Deus e fingir a crença para obter benefícios materiais ou de imagem pessoal, conseguindo assim uma aprovação mais fácil..."

Carassotaque.

O problema não seria dizer tais coisas, a maioria afirma facilmente que pensa exatamente desse jeito. Esse é o discurso habitual e comum a todos. As palavras são enfáticas, ficam vestidas num sorriso autocomplacente, a aparência objetiva da sabedoria, sublinhada com as legendas sonoras.

A questão mais complexa era crer nessas idéias e viver isso sem atenuantes, sem dissimulações, sem discursos, sem moralismos. Isso era mais raro. A palavra secreta, não verbalizada, substituída simplesmente pela ação.

Carassotaque.

Celan vivia de seu jeito, sem matizes, nunca fazia concessões, e, dessa maneira, não perdera a sua cabeça, passados mais de quinze anos de sua permanência naquele país distante. Isso era uma novidade estranha, pois todos os estrangeiros, mais tarde ou mais cedo, iam se adaptando, assumindo um pouco dos costumes locais, uns valores que esmaeciam aqui e ali, uma conduta mais elástica e curvilínea, um medo aprendido, uma concessãozinha sem importância e daqui a pouco, gloriosa e aliviadamente, mais um feneciano da gema, por escolha, com muito orgulho. Sem face e sem-cabeça, sem culpa, adequado, aerodinâmico.

Ele, o fotógrafo, sabia que um jeito fácil para conseguir uma integração era desenvolver uma paixão estável e frutífera por uma moça do local. Todos os seus conterrâneos tinham passado por isso, casaram-se, normalmente tinham tido os seus filhos, e pouco tempo depois estavam definitivamente tomados pelos costumes locais. Isso resultava bem para todos, pois iam mimetizando-se ao país e já não chamavam tanta atenção quanto ele, que mantinha, renitente e ostensiva, aquela pesada cabeça visível sobre seus ombros.

Celan começou a empenhar-se na busca dessa companheira mais estável. Inclusive porque a missão não lhe era nada desagradável.

Já tivera uns outros casos anteriores de envolvimento afetivo, pois sua juventude e profissão (e a sua condição de estrangeiro) no princípio, apenas no princípio, facilitaram bastante o jogo da sedução para ele. Mas com o passar o tempo isso foi se complicando um pouco e ele já não era observado com tanto interesse. Porquê ele permanecia assim, tão diferente, tão esquisito? Algo devia estar errado...

No começo a visibilidade de seu rosto fora bastante positiva, passados quinze anos tornara-se suspeita, o que causava reservas e comportamentos esquivos.

Carassotaque.

Celan Gacilly era um sujeito dos mares e do fim da terra. Nascera na França, na Bretanha, em *Quimper*, no frontão do Golfo da Gasconha, quase na esquina com a Mancha. Crescera junto ao mar, observando os grandes faróis, as tempestades marítimas, as marés trágicas.

Estudara em *Rennes* (ali aprendera o português na universidade, no laboratório de línguas da academia) e passou seus tempos livres em *Dinard*, *St. Malo* ou *Cancale*, ao lado do mar, na entrada do Canal da Mancha. Aprendera a fotografar como assistente de um fotógrafo profissional, em *Nantes*, na embocadura do *Loire*, quase no encontro com o oceano.

Passara um ano morando e fotografando em *St. Denis*, na Ilha de *Réunion*, no meio do Oceano Índico, ao largo de Madagascar e dali resolvera conhecer o Tahiti e a Polinésia Francesa. Emigrara posteriormente para Austral-Fênix, onde construíra a sua nova vida profissional como fotógrafo, fazendo retratos e fotojornalismo.

Descobrira que aquele era o verdadeiro *finistére*, o fim da terra real, a patagônia do mundo, a ilha-continente *invisível*, na qual os seus habitantes igualmente restavam invisíveis, esvanecidos, sem faces, o disco plano. Ele gostava daquele lugar. Desde o primeiro contato, cultivara simpatia profunda àquela geografia agreste.

Desejava conceder a essa sua vida uma nova densidade, construir uma continuidade consistente, uma história particular ligada a outra protagonista, e com um final preferivelmente feliz. Estava incrustrado num cenário em que um final surrealista seria o mais evidente, mas convencera-se que poderia desenhar a sua própria história de maneira mais interessante e original. A sua carassotaque mostrava-se um tanto excessiva para aquele objetivo imediato e o atrapalhava bastante, porém, sobre tal fenômeno ele não detinha qualquer controle.

Com os seus amigos, ele comentava a evolução desse seu empenho e sobre as tentativas frustradas dos últimos dois anos. Concluíra que no final eram elas, as moças, que decidiam, escolhiam quem e o que queriam, e ponto final.

"*Há um momento que você é* beijável, *se deixar passar isso, acabou; noutro momento, derradeiro e fatal, faz-se o silêncio. Por um motivo que você não compreenderá jamais, insondável, do qual somente elas, as mulheres, entendem a sutileza da arquitetura natural, o encanto se desfará, e você sairá de cena, será substituído, estará fora da sintonia e do tempo, será um morto ainda em vida, transformado numa espécie de verbete, num batráquio instantâneo. Você não entenderá nada, nunca mais, e provavelmente sofrerá, em certos casos, para sempre. Elas sabem a razão misteriosa, não há cultura ou literatura que explique, talvez somente o instinto e a natureza; elas não fazem perguntas, nunca respondem, sabem a história toda com sua lógica própria e oculta; serenamente vão embora, viver as suas vidas, você restará cativo, congelado na sua própria memória.*"

Aparentemente muitas histórias são iguais.

Celan estava buscando também algumas modificações na condução de seu trabalho como fotógrafo. Concentrara-se em duas vertentes, a dos retratos, com a qual ganhava a sua vida, e a do fotojornalismo, de autoria, na qual militava na área da imprensa e até das mostras individuais em museus e centros culturais, principalmente no exterior. Eram campos exigentes e árduos. Abandonara nos últimos anos o trabalho de publicidade com o qual ganhara algum dinheiro no início de sua jornada feneciana. Esse era um campo que já não o interessava mais. Ele não acreditava naquele trabalho, agora tão manipulado pela tecnologia computadorizada que, na sua opinião, distorcia em demasia a realidade.

"*Tudo vira mentira no imaginário, as pessoas não são assim na realidade, os objetos não são tão bonitos e tão bem acabados, os carros e os aviões não são tão seguros, nem tão necessários, há mais investimento em propaganda do que no desenvolvimento do objeto essencial...*"

Considerava um hábito, arraigado, a manipulação patológica e sem limites das imagens, uma transgressão infinita de tudo o que se via na realidade, em sua volta.

Ele estava incomodado com tudo aquilo e achava que se tornara abusivo, que alterava essa concretude de forma escamoteada, mal-intecionada, e culminava numa reconstrução ficcional livre, numa versão tão diferente que transcendia até ao conceito original da mentira. Essa era apenas uma posição sua, subjetiva e bem desconfortável de ser mantida no cotidiano, pois não tinha muitos adeptos na sua convicção, na verdade, era mais uma esquisitice de contramão.

Coisas de um solitário excêntrico num tempo de autocentrados sem faces e sem identidades tangíveis, celebridades digitalizadas, eletrônicas, refletidas e impressas em cores sobre papel luxuoso, brilhante, sempre fotografados pelo melhor lado, o mais favorável, com a luz programada e equilibrada.

Os projetos de vida em andamento do fotógrafo eram, portanto, bem complexos, de dificuldades cumulativas e crescentes.

Escolhera documentar, com imagens reais, as agressões ao meio ambiente e os danos que aquelas descompensações poderiam estar acarretando àquela região escondida do planeta, situação que ele fora percebendo, pouco a pouco, em viagens exploratórias, que fazia pelo interior, principamente na ainda densa e inacessível região das florestas tropicais do noroeste do continente, na qual se estavam praticando crimes ambientais continuados, há muito tempo, ocultos por omissão, desmazelo, e ele acreditava, um volume transbordante de propina, com a madeira, com o solo, com a fauna, com a própria floresta e com os mananciais limitados d'água.

Buscava também inventar uma tecnologia com lentes e espelhos que permitisse, sem truques, fotografar os fenecianos sem as cabeças. Isso, sim, talvez, pudesse resultar numa consagração universal. Ou num fim inalcançável. Ou na frieza habitual dos fenecianos frente ao tema. Celan acreditava que no exterior poderia resultar em impacto e surpresa, o que parecia a ele um objetivo válido, a ser tentado exaustivamente.

Por fim, conseguir encontrar uma companheira que o compreendesse e, permanecendo com ele, fosse capaz de aturar todas aquelas suas manias.

4. PRIMEIRA NOTÍCIA

Celan seguia sereno pela estrada no longo trajeto asfaltado, de volta entre Polinésia e Alma, onde morava. Saíra há um mês da capital de Austral-Fênix em seu carro, seguira inicialmente na direção prevista, de leste para noroeste, pelo meio dos campos de pastagens, transpondo as longas retas que voltava a percorrer em sentido contrário, nesse momento.

Naquele princípio de viagem tranqüila, em dois dias percorrera cerca de 800 km, parando em locais escolhidos e fotografando com seu novo equipamento digital. Fizera algumas perguntas e conseguira compreender um pouco daquela paisagem remanescente em extensos campos ondulados e planos e que já fora uma intransponível floresta tropical, cerca de 200 anos antes.

Dessa memória nada mais restara. Só os campos e algumas áreas danificadas em erosão, que podiam ser vistas esporadicamente como chagas abertas, avermelhadas, em valões, no meio dos campos verdes.

Ocorrera por ali o primeiro grande ciclo de desmatamento, que transformara aquelas planícies com suaves elevações, de selva úmida indevassável, numa espécie calva de pampa da Oceania, própria para as grandes criações de animais, que fizeram o primeiro ciclo de riqueza daquela colonização pioneira. Agora aquele tempo de expressiva prosperidade já se encerrara, mas ainda havia atividade pastoril de extensão naqueles campos. A floresta original, no entanto, havia desaparecido por completo. Celan fotografou os campos e até algumas pessoas com quem conversara sobre aquelas atividades do passado.

"*Aqui havia, há uns quarenta anos, um grande rio, cheio de pedras e rápido, bonito, formava cortinas d'água quando se chocava com as pedras maiores fazendo arco-íris contra a luz, ele criava também uma floresta nas duas margens, agora tudo sumiu... um rio formoso que desapareceu e ficou apenas esse riachinho raso no meio das pedras. No meio do verão ele seca por completo. Volta depois das chuvas do outono, mas sempre assim, meio fraquinho, melhorando somente em setembro. Depois vai minguando de novo e desaparece por completo em janeiro. Isso não nos ajuda nada com o gado*", comentara com resignação José Expedito, um trabalhador antigo, um cavaleiro daqueles descampados.

Celan fotografara o peão, conhecido no local como Mestre Cedito e que dera o seu depoimento, anotado pelo fotógrafo jornalista e, observando a paisagem descrita pelo calejado interlocutor, captara a impressionante ausência do rio vertiginoso, agora invisível.

"*Lá para os lados do sul, tudo virou deserto depois do* grande canavial...", continuou a falar de forma sussurrada o envelhecido mestiço Cedito, indicando num gesto largo e vagaroso a encruzilhada logo adiante, à esquerda, na rodovia que desaparecia em retas monótonas, nos dois horizontes, em meio as pastagens.

Mestre Cedito, com seu pouco volume de voz, falou do rio desaparecido, contou também dos peixes do Golfo dos Franceses, os formidáveis *peixes-ouro da Polinésia*, que só existiram naquela ilha-continente e que sumiram depois de terem sido pescados à exaustão pelas redes das traineiras japonesas, neozelandesas e até fenecianas durante os *anos inox*.

Pesca predatória em dimensão gigantesca comparável somente à omissão complacente das autoridades truculentas, que fora tão abusiva que o peixe, secularmente abundante nas águas do continente, sendo o símbolo da fartura naquela região e até desenhado no brasão da república de Austral-Fênix, simplesmente desaparecera daqueles mares, extingüira-se por completo no Golfo dos Franceses, para onde vinha reproduzir-se desde tempos imemoriais, anteriores à descoberta pelos navegadores portugueses. O *peixe-ouro da Polinésia* sumira para sempre das costas da ilha-continente.

Mestre Cedito falou durante algumas horas com Celan, contou dos *peixes-ouro* que ninguém mais voltara a pescar ou sequer a ver naquelas costas oceânicas, conversou sobre a formação repentina do deserto, esclareceu fatos antigos e esquecidos sobre o *grande canavial*, deu a sua explicação porque motivo todos ficaram sem as caras e sem as cabeças, no país inteiro, ao mesmo tempo.

O *grande canavial*, fantasma extinto de um megaprojeto de hiperprodução de álcool e de açúcar, marcava um dos legados mais nefastos da ditadura. Um erro de avaliação e uma colossal falha de planejamento, que, em 30 anos de silêncio e terror, transformara uma outra parte significativa da floresta luxuriante num deserto, cortado por cicatrizes gigantescas de erosão em torrões crestados de aridez e em areais que, ultimamente acumulavam-se em dunas avermelhadas, memória cromática das terras férteis destruídas nos *anos inox*.

O território original de Austral-Fênix mostrara-se coberto em cerca de 80% de florestas virgens. Isso não existia mais. Celan chegara depois desse tempo e nunca vira a floresta na região em que habitava. Atualmente, a floresta tropical remanescente ocupava apenas 33% da extensão primitiva, localizada a noroeste. No nordeste e no centro-norte restaram os campos em 30% de área da desaparecida mata, outros 20% no centro-sul, transformados no trágico deserto. E ainda os cerca de 17%, localizados na franja da floresta, agora ocupados, furiosamente por um novo e ambicioso projeto de cultivo massivo de cereais transgênicos, impróprios para o consumo humano, mas direcionados às usinas de produção de bio-combustível, para alimentar as frotas de automóveis do planeta, no previsível ocaso dos combustíveis fósseis.

"*Em Austral-Fênix, o que desaparece não volta nunca mais, os rios, a floresta, os peixes, os rostos das pessoas...*", concluíra com tristeza, o velho Cedito, com o olhar distraído, mirando umas nuvens que formavam uma silhueta de um peixe branco-acinzentado, flutuando sobre uma região distanciada, lá para os lados do deserto. Para Celan, o mundo estava ficando pior a cada dia, fragilizando-se ambientalmente, tornando-se mais perigoso pelos desequilíbrios e agressões à natureza, e ele tentava fotografar o processo em andamento. Tomara a decisão de mudar a direção e seguira para o sul, entrando pelo deserto depois de enveredar pela encruzilhada indicada por Mestre Cedito. Foram alguns de dias de solidão e de silêncio absolutos. Nada se via em movimento, nem vilas, nem cidades, somente alguma poeira mas, mesmo essa, era rara. O tempo estanque, sem nenhum vento, apenas o calor abrasador. As distâncias eram enormes, os riscos e perigos eram somente os da natureza, o que por si era suficiente e letal. Ele passava devagar com seu veículo, abastecido com muita gasolina, suprimentos e reservas de água, por povoados fantasmagóricos, galpões e postos de serviço arruinados, uma arqueologia de um futuro que não acontecera. Cenários *lunares* assombrados e uma destruição geológica de atordoar qualquer um. Ele fotografara tudo. Centenas de fotografias.

 Aparentemente não restara vida por ali, apenas os letreiros desbotados pela luz excessiva, que nada mais informavam de útil a ninguém, porque não havia mais ninguém que transitasse por ali, e as placas publicitárias oxidadas, descascadas e caídas iam se desfazendo no solo ressequido. Fotografias do esquecimento. Os *anos inox* estavam se enferrujando em memória exposta, mas não havia mais testemunhas para o erro.

Chegara mais ao sul, escapara do *grande deserto*, contornara a *frigideira* e retornara ao norte pela franja da floresta, na espetacular estrada nova que tangenciava as grandes plantações.

Ali ele também registrara tudo nas imagens e conversara com os habitantes locais, nos vilarejos, nas cidades em formação, nas sedes dos entrepostos nas entradas das grandes áreas de cultivo do cereal-combustível. Pessoas em atividade naqueles locais, a quem também se propusera fotografar, agora sem nenhum sucesso. Celan escutara as opiniões, anotara e formara a sua própria.

"*As lavouras estão comendo a floresta pelas bordas.*"

"*Tem desmatamento, sim, e tem plantação sendo feita além dos limites previstos... a floresta está diminuindo. É só olhar em volta e ao longo da estrada, só tem essa plantação, única, esse mesmo cheiro, essa mesma paisagem, até Polinésia...*"

"*Esse cereal-petróleo é venenoso, não alimenta ninguém, quem está plantando essa porcaria são as grandes refinarias de combustível e as antigas fábricas de cigarro.*"

"*A publicidade, oficial ou não, em todo lugar, diz que é ótimo, que significa riqueza e novos tempos de prosperidade para todos, pura demagogia, ninguém vem ver o que está acontecendo de fato.*"

"*Nem jornalista, nem fotógrafo, não aparece ninguém por aqui, o sr. é o primeiro que faz essas perguntas, que tem esse interesse...*"

"*Olhe, meu caro fotógrafo, no fundo é um deserto*

verde, a se perder de vista...cadê a floresta que estava aqui antes e que diziam que ninguém mexeria?"

"*Eu, se fosse você, não ficava perguntando tanto assim, é perigoso...*"

"*Sabe como se planta tudo isso? São tratores-robôs, controlados pelo satélite, nem motorista mais eles precisam, tudo funciona sozinho, só máquinas trabalhando dia e noite, sem parar...e na colheita é a mesma coisa...*"

"*Não tem quase emprego, não...*"

As perguntas e os comentários eram dos habitantes, esparsos e assustados, que moravam naquela região da borda da floresta, que era invisível por centenas de quilômetros da rodovia. Nenhum deles permitiu que Celan os fotografasse, alegando que teriam problemas com aquilo no futuro.

Celan Gacilly percebera que as entradas de acesso das grandes corporações que organizaram e administravam as fazendas-plantações instalaram uns pórticos parecidos uns aos outros, ao longo de toda a estrada, imponentes e luxuosos, recobertos com granitos coloridos e até mármores. Existiam espelhos por todos os lados nos acessos de entrada e vigilância através de circuitos internos de TV.

PROIBIDO FOTOGRAFAR

As placas, de metal prateado, feitas de aço inox, estavam ostensivamente colocadas nas paredes de entradas de cada uma das fazendas, onde também estavam os seguranças de cada um dos empreendimentos. Eles corriam a abordar o fotógrafo Gacilly, sem gentilezas, gritando e sinalizando que ele não parasse seu carro por ali, e seguisse adiante.

Depois de algumas semanas de viagem, Celan chegara à cidade-porto, de Polinésia, no extremo norte do país, onde fizera algumas fotos, perguntara sobre os *peixes-ouro* da Polinésia e a sua extinção. Era um assunto sobre o qual não se falava, ou, aparentemente, ninguém sabia muita coisa a esse respeito.

Vigorava um silêncio de mar em calmaria. Era estranhíssimo porque Polinésia era um porto oceânico que crescera e enriquecera inicialmente com aquela atividade pesqueira e ficava localizado justamente no Golfo que fora o grande berço e criatório desses peixes, num passado relativamente recente.

Mutismo e distanciamento dos sem-cabeça.

Dali, Gacilly seguira por rodovia num pequeno trecho de estrada pelo interior da floresta até Balsas, tomara um barco fluvial em direção a Plano, a espetacular cidade do futuro, criada no coração da selva. Lá vira outras coisas, ouvira outras histórias e fotografara várias situações que muito o impressionaram.

"*Será que ninguém se dava conta do que estava acontecendo ou será que todos fingiam não ver?*", perguntava-se Celan, silencioso, preocupado, desde a amurada do barco, observando a floresta impenetrável, silenciosa, sagrada.

"*Nesse surpreendente coletivo de não ver ou de não dar importância nenhuma a tudo o que estava acontecendo, não estaria uma explicação acessória para a ausência das cabeças? Ou seria o estado de medo permanente, mesmo depois do tempo do medo?*"

Trabalho realizado, centenas de fotografias digitais depois, Celan voltava agora para casa pela auto-estrada de Polinésia-Alma, na direção da costa leste de Austral-Fênix, pensando como divulgar o seu projeto. Refletia também sobre como conseguir fotos dos sem-cabeça, sem truques, sem manipulações ou retoques, que desejava alcançar com antigas câmeras Leicas analógicas e com filmes preto e branco, em película e ampliações tradicionais de laboratório. Esse projeto, no entanto, parecia irrealizável, porque ele o tentava a alguns anos e ainda não fizera nenhum progresso.

Dias depois, o material fotográfico revelado, ampliado, devidamente ajustado digitalmente nas cores e nas densidades certas, foi oferecido às publicações fenecianas, que o recusaram em bloco, com variadas justificativas e argumentos evasivos.

Celan Gacilly, malsucedido e decepcionado com a fria rejeição a seu trabalho, fez alguns pacotes de remessa postal prioritária, com as ampliações das fotografias do ensaio fotojornalístico, discos gravados para reprodução das mesmas imagens, e os enviou a alguns periódicos no exterior e a uns dois ou três amigos seus, na Europa.

Aguardou as respostas para a sua notícia.

5. SEGUNDA NOTÍCIA

"*Para mim é mais difícil distinguir as diferenças, a realidade feneciana da realidade tangível...eu sou um carassotaque, vejo todos com seus rostos, fenecianos e estrangeiros, todos vêem igualmente o meu rosto, os fenecianos não se vêem entre si, mas através das lentes e dos espelhos, sim.*"

Para o seu projeto de fotografar os sem-cabeça, Celan pesquisava buscando encontrar o padrão possível, funcional, e fizera inúmeras tentativas, todas fracassadas.

Experimentara filmes de sensibilidades diferentes, velocidades baixas, velocidades altas, lentes diversas, câmeras analógicas e digitais, *flash*. Nada adiantara.

Ele acreditava que desvendaria aquele enigma com lentes e espelhos, afinal, era por esses mesmos instrumentos que as cabeças apareciam para todos os fenecianos, nas imagens indiretas, filtradas.

"*Existe uma lógica por trás de tudo isso, tenho que descobrir a pista. Aprender o tamanho do passo e a direção correta. É o meu teorema de Fermat, esse o das imagens afirmativas por uma negação.*"

Fixara um padrão para a sua pesquisa: fotografava com câmera Leica, modelo dos anos 80, convencional, com lentes *Zeiss*, utilizava velocidades diversas (anotando-as criteriosamente), não usava *flash* e sempre filmes negativos, de sensibilidades médias e altas, em preto e branco.

Num dia que ele consideraria inesquecível e de sorte assombrosa, por acidente, conseguira algo. Estava revelando e ampliando um retrato feito num local externo, dentro de um café em Alma, sob uma abóbada de luz zenital, numa manhã luminosa de primavera. No primeiro momento não percebera o detalhe. Ali estava o rosto de uma amiga, com as nuanças claras e escuras, sombras e intensidades, o olhar brilhante e expressivo, tudo bem aparente, foco esplêndido, em resplandescente primeiro plano.

Quase nada fora do habitual, mas desta vez havia uma diferença praticamente oculta no plano secundário e bastante escurecido do fundo da imagem. No contato da revelação nada aparecera, daí a sua displicência ao acompanhar o processo do trabalho no laboratório e, conseqüentemente, o sobressalto de espanto, sua incredulidade, na medida em que a revelação dos volumes, na ampliação ao papel fotográfico, ia se desvelando. Aliás, para confirmar a sua descoberta inesperada (daquele jeito, bem fora do que estava programado) ainda fizera novas ampliações um pouco mais claras e então conseguira ver, com mais nitidez, a ausência que tanto buscara.

Finalmente, por acaso, lá estava, no fundo da cena, a imagem discreta, bem à esquerda, na parte mais escura, no reflexo do espelho da parede: uma pessoa sentada na ala posterior do café, fotografada sem a sua cabeça!

Celan Gacilly conquistara o seu prêmio, o seu *Graal*, aquele que buscara com tanta persistência, em meio a um recorrente desestímulo.

Um feneciano como o resto do mundo jamais vira, sem a sua cabeça, como todos os fenecianos normalmente se viam entre si, sem ver os rostos, e que não se conseguira nunca reproduzir numa imagem documentada, verdadeira e isenta de truques tecnológicos, até aquele momento.

Celan gritara o mais alto que lhe fora possível, urrara dentro do estúdio, correra por todos os lados, rodopiara desajeitado, saltando de encontro às paredes, com as mãos espalmadas, dançara como um nativo aborígene, e, por fim, jogara-se na sua cadeira de trabalho, exultante pelo feito da sorte e exausto pelos anos da busca infrutífera.

Encontrara a pedra do caminho.

Tinha que aperfeiçoar o achado, torná-lo concreto e científico. Algo que se pudesse reproduzir, dentro de alguns parâmetros da repetição controlável. Percebeu que teria a ver com um reflexo através de um espelho, com a velocidade do obturador, com a intensidade de luz e, talvez, com uma angulação precisa na colocação da lente.

Era tudo isso junto. E não foi nada fácil conseguir de novo. Na realidade, viria a descobrir isso penosamente.

A solução do enigma exigiu profunda reflexão e um maior esforço cumulativo para repetir o achado. Precisava-se do reflexo duplicado de dois espelhos perfeitos, colocados em angulação levemente convergente, com a incidência numa abertura de grau único e preciso sobre a lente da câmera, que voltaria a reproduzir a imagem noutros reflexos internos, por telemetria, antes de sensibilizar a película fotográfica, na velocidade específica, para a sensibilidade do filme escolhido.

Sem luz natural, nada feito.

Por algo da sorte, que revelou-se aliada generosa, e pela maior prudência, Celan Gacilly anotara as velocidades que utilizara naquele dia de acaso.

Depois de três meses de tentativas, de erros persistentes e de aproximações, conseguira desenvolver um sistema exclusivo de espelhos com ótica *Zeiss*, retirados de outras câmeras e fixados externamente ao aparelho fotográfico, analógico e antiquado, por uma magnífica ferragem de precisão, executada em estúdio especializado em equipamentos odontológicos, com ligas especiais de metal, leves e robustas.

Um sistema caro que Celan patenteara como invenção sua, porém sem expectativa de ganhos a qualquer tempo, porque a finalidade era restrita, não havia escala possível para seu invento, o equipamento nascia obsoleto com sua tecnologia ultrapassada, e o público, único que poderia se interessar pelo assunto, desde o início, mostrara-se refratário àquela interpretação da realidade feneciana. Era um assunto praticamente profano, sobre o qual ali ninguém falava, nunca.

"*Olhando no fundo dos teus olhos,*
vejo direto o teu sentimento,
é a minha verdade,
o que atina o momento...",

cantava a letra de uma romântica e lacrimosa canção popular em Austral-Fênix, poesia que o fotógrafo, cartesiano, não compreendia e considerava até bem hipócrita, uma vez que naquele país praticamente ninguém via, diretamente, os olhos de ninguém.

Após alguns testes bem-sucedidos com seu protótipo experimental, nos quais conseguira fazer algumas imagens de pessoas e grupos de pessoas, sem as cabeças, Celan construíra seu novo equipamento, estranhíssimo, definitivo.

Tratava-se de uma caixa, retangular, uma carapaça externa com um certo volume, espécie de estojo-chassi de proteção, feita de lâminas de carbono encaixadas, em cor grafite, fosca, com um larga abertura frontal (similar à abertura de um sistema de ventilação ou a uma abertura de lareira pequena, metálica). Aquele estojo abrigava e ocultava o delicado conjunto ótico dos espelhos externos, meticulosa e firmemente angulados com a câmera, que era posicionada totalmente escondida naquele corpo escuro e irreconhecível por qualquer similaridade.

O fotógrafo, que era um carassotaque renitente, veterano, agora ia se tornando publicamente excêntrico, carregador de um aparato estranho que o transformava numa personagem bizarra, uma figura improvável de *lambe-lambe* futurista, do século XXI. Ninguém poderia sequer imaginar o que ele estava fotografando com aquele artefato, enorme e desconhecido.

Curiosos pediam para ver, mas logo se desinteressavam quando ele mostrava que não era uma máquina fotográfica digital contemporânea e que não possuía nenhum visor eletrônico. Afastavam-se então, considerando apenas esquisito aquele fotógrafo. Carassotaque, e isso sabia claramente à discriminação.

Fez vários testes, no início com os retratos, nos quais se incluíra uma vez ou outra. Neles sempre aparecia com seu rosto, o que era previsível e uma confirmação do processo. Com os fenecianos não acontecia mais isso, agora naquelas imagens preciosas, assustadoras, já não se viam cabeças, nem rostos. Chocante. Percebia nessas novas fotografias como os fenecianos enxergavam-se a si próprios e isso o deixava aturdido.

"Como tinham se acostumado àquela situação?"

Foi desenvolvendo os seus estudos, e o ensaio das imagens foi aumentando. Com uma extensa série de retratos e, na seqüência, com as cenas de rua, nas calçadas, nos parques em feriados, no meio do trânsito no qual circulavam motoristas e pedestres, sem cabeça. Fotografou cenas de multidão em áreas públicas, nos estádios, nos eventos externos, quase todos sem as cabeças, aqui e ali podiam ser identificados facilmente os estrangeiros. Os carassotaques chamavam a atenção entre todos.

Achou aquilo engraçado, percebeu como era estranha a maneira como ele era percebido pelos outros, em grupos. Um estranhamento tal que fatalmente poderia redundar em preconceitos. Fotografou as chegadas de passageiros em aeroportos e em portos marítimos. A cena sempre parecia surrealista para ele, especialmente porque nessas situações uma quantidade maior de cabeças podiam ser vistas, misturadas a grupos de sem-cabeça.

Ele necessitava de condições específicas para alcançar os resultados, e a luz natural era uma das exigências do método que descobrira. Não conseguira fazer, apesar das tentativas, imagens noturnas, em shows de música e de teatro, ou em locais escurecidos em demasia.

O fotógrafo desenvolvera um hábito que julgava importante. Buscava clicar uma segunda tomada fotográfica, idêntica, essa com o seu equipamento digital, em mesmo ângulo e iluminação, logo em seguida, sempre que fosse possível e que as condições permitissem (isso parecia a ele algo necessário, especialmente no caso dos retratos). Era uma espécie de contraprova de autenticidade, pontual, burocrática, para arquivamento e datação, sem valor estético. Dessa maneira, conseguira juntar uma documentação duplicada das suas próprias fotos.

A foto principal e de interesse criativo, sem dúvida, era a analógica, a feita com o instrumento inventado por ele, o *Especular Gacilly*, como ele próprio o chamava com pompa auto-ironizada, que levava a sua assinatura de fotógrafo-inventor, aquele que produzia a imagem de tirar o fôlego, a que resultava sem a cabeça do fotografado. A seguinte, a outra fotografia, quase um instantâneo, seria apenas o documento temporal da imagem capturada.

Essa segunda tomada, digital, sempre aparecia na integralidade desejada pelos austral-fenecianos, com a cabeça e o rosto completos e bem aparentes. A fantasia restabelecida com o reconhecimento dos fotografados. Uma foto trivial, não fosse a existência da outra imagem, protogêmea, a que fora feita num instante antes.

Aquela, a primeira, a imagem da máquina analógica e obsoleta. A da revelação escancarada do que todos não viam, como se viam. Aquela que daria o que falar, despertaria as paixões, os ódios, as ameaças, as notícias.

"A surpresa não é branca.
Não está numa cor.
Não está num canto.
Não está no espetáculo.
Não está no ouro.
Não está no fundo da garganta.
Não está na palavra, num livro.

Está na ausência,
Na memória que não se faz."

6. CONVERSA COM ANTÔNIO

Gacilly imaginou que aquele projeto era demasiado complexo para ser realizado solitariamente. Consistia numa notícia surpreendente, num ensaio fotográfico que trazia uma novidade chocante até, e necessitava de um texto de qualidade, que fizesse uma análise isenta daquele fato, agora fixado e documentado pela fotografia. Esse texto não poderia ser escrito por ele, pois achava que seria uma tarefa deslocada em função de dois motivos:

Primeiro, ele já conseguira alcançar as imagens, consideradas impossíveis, e estava envolvido nisso até a base das unhas, concentrado em produzir aquele fato estético e até mesmo em promover aquele achado tecnológico. Em segundo lugar, ele era um carassotaque, um estrangeiro. Esse fato, ser carassotaque, não o impedira de procurar resolver a questão da imagem, *presença-ausência*; inventara até um processo e um mecanismo especial para a solução do enigma. Escrever sobre isso, como carassotaque, era bem mais complicado.

O fato novo a ser elaborado, uma reflexão escrita sobre os fenecianos capturados nas imagens, sem as suas próprias cabeças, parecia-lhe a invasão de um espaço secreto, da privacidade dos cidadãos daquele lugar específico, sobre uma escolha que dizia respeito exclusivamente a eles e sobre a qual ele se sentia impedido de opinar e de escrever qualquer texto. Concluiu que a sua situação de estrangeiro o impedia de escrever o que quer que fosse sobre aquele assunto, constrangimento que se estampava na sua cara enrubescida e constante.

Gacilly resolveu conversar com um amigo antigo, um jornalista e escritor chamado Antônio Rufino Calo Andorinha. Chamava-o de Antônio, apenas. Era conhecido no meio jornalístico de Austral-Fênix como Rufino Andorinha.

Marcou um encontro com ele no seu estúdio fotográfico porque, imaginava, ali poderia construir o seu argumento de maneira sólida, pela proximidade estratégica com as imagens, ainda secretas e inéditas. Imaginava que seria difícil convencer o amigo àquela missão.

"*Antônio, preciso de uma ajuda sua. Um texto de sua autoria para uma matéria fotográfica, um ensaio de imagens... você permite que eu faça um retrato seu, agora com a minha máquina digital e depois em Leica, convencional?*", começou Gacilly.

"*Ué, Celan, duas fotos, por quê?...dois formatos? Você é quem sabe... vão ficar iguais, para quê o formato antigo, não vai sair mais caro?... você acredita que terá mais qualidade...?*"

"*Não, Antônio, terão qualidade similar, mas estou testando e comparando os resultados com as Leicas antigas... Coisa minha...*"

"*Pode fazer, por mim não tem problema. Fale-me do texto de que você precisa...*"

"*Antônio, diz respeito a esses retratos que estou fazendo... vamos ali fora, preciso fazer com a luz natural...*"
Saíram do estúdio e fizeram algumas fotos com a máquina digital. Em seguida Gacilly buscou sua câmera especial e Antônio a achou engraçada. Divertiu-se com o aparato que nunca tinha visto.
"*O que é isso, Celan? Que equipamento esquisito... isso é novo, mas parece algo fora do tempo, é uma coisa gigante nesse tempo de miniaturas...*", comentou, rindo.
Celan fez as imagens principais em silêncio. O modelo permaneceu quieto, aguardando.
"*Antônio, aqui está a razão do texto, as fotos que faço com este equipamento que adaptei com lentes e espelhos...preciso da sua ajuda e da sua competência de escritor, vou mostrar as imagens para você*".
Entraram no estúdio e Celan começou a explicar o que conseguira. Antônio escutava, com o ceticismo treinado de jornalista. Celan mostrou-lhe então as imagens duplas, feitas anteriormente com outros modelos, com outras pessoas amigas ou desconhecidas, as ditas "normais", com a presença habitual das cabeças, e as conseguidas em seu invento.
Antônio observou as imagens com incredulidade, abismado. Aquilo mexia com ele, pois via os outros desse jeito, sem as cabeças, mas nunca vira nada impresso fotograficamente. Fotos reais, sem retoques.
Seu estado de surpresa acentuou-se de forma crescente quando Celan, depois de alguns minutos de.

revelação, trouxe do laboratório, localizado no fundo do estúdio, as primeiras ampliações, ainda úmidas, de seu próprio retrato. Uma sensação de estranhamento tomou conta de sua mente que já se fazia enevoada.

Naquele instante, ao encarar a sua imagem, ficou bastante chocado, simplesmente porque jamais se vira assim. Na verdade o seu espelho sempre contivera o seu rosto, todos os reflexos, todas as imagens das fotos. Pela primeira vez na vida via-se sem o seu rosto, tinha uma sensação estranha, como a do cotidiano subjetivo e automático em que ele olhava a todos e não via nenhum rosto, mas isso era algo externo a ele, um problema dos outros. Ele tinha a sensação tátil da presença da sua cara, sempre se imaginava e se percebia integral, o que o confortava instintivamente e o confirmava em todos os reflexos que testemunhava à sua volta.

Aquela imagem que via à sua frente o impressionava em demasia, produzia uma espécie de vertigem aguda e uma sensação de ter tomado uma pancada de considerável intensidade em seu crânio, que agora parecia vibrar como se tivesse recebido uma descarga elétrica. Aquela visão parecia *normal* com o que via à sua volta, mas a novidade o incluia rudemente numa realidade feroz e surrealista que parecia ser coletiva, mas nunca lhe parecera individual nem pessoal.

Antônio reagiu mal.

"*Porra, Celan, isso é...demais...cara, passa da conta, é difícil dizer qualquer coisa, as pessoas não vão reagir bem, acho* que vai dar merda...cara, isso pode criar um grande problema para todos nós, para você e para mim, pra todo mundo..."

"Pois é, Antônio, você entendeu... acho que é uma conquista muito importante, essa de revelar visualmente o fenômeno dos sem caras, e que deveria ser divulgada... mas precisará de um texto inteligente para abordar o assunto."

"Você percebeu que todas as fotografias com rosto estão assinadas pelos retratados, autorizando-as? As sem rosto não, ninguém as viu, somente você viu a sua e reagiu assim...", continuou o fotógrafo. *"Eu também fiquei surpreendido e estusiasmado com o resultado que consegui, para mim era conseguir ver registrada em imagem real a realidade aparente, que eu não vejo todos os dias há anos, a que nunca vi, na verdade, mas que sabia existir por ouvir as pessoas em volta. Mas percebi que você ficou surpreso, e mais, ficou assustado, com aquilo que você vê normalmente à sua volta todos os dias."*

"Surpreso sim, assustado, não sei... vi apenas o que nunca vira antes, eu mesmo sem meu rosto e sem a cabeça...não foi muito agradável, eu confesso...preciso pensar sobre o trabalho que você me pede para fazer. Não sei se posso nem se gostaria de escrever a respeito".

Os dois amigos ficaram em silêncio durante um certo tempo, até que a ausência de sons fez o ambiente pesar. Olhavam para a fotografia do retrato de Antônio, sem a cabeça, uma ampliação média em preto e branco, 18 cm x 24 cm. O pensamento de Celan ia numa direção, o de Antônio noutra, e aparentemente as trajetórias não eram convergentes.

    O escritor assinou as duas fotos de autorização para o amigo fotógrafo, disse que iria pensar sobre o assunto e retirou-se sem levar nenhuma das cópias excedentes que o amigo lhe ofereceu. Combinaram voltar a se encontrar para conversar sobre a decisão de Antônio e a estratégia do trabalho na semana seguinte.

    Antônio partiu, desconfortável e embaraçado.

    Celan entrou no estúdio e foi preparar um café, do jeito que gostava, expresso, forte e sem açúcar. "*Parece asfalto derretido...*", diziam-lhe os amigos, com freqüência, e isso não parecia ser um grande elogio à sua bebida, que preparava cuidadosamente na máquina italiana.

    Pensativo, ficara preocupado com a reação do amigo, a quem, precipitadamente, contara como um aliado de primeira hora e a quem ousara mostrar as suas fotografias. Se ele, Antônio, que o conhecia há tanto tempo e em quem depositava confiança reagira tão mal, o que aconteceria com os outros, com todos os que o cercavam, amigos ou não, os desconhecidos; como reagiria, provavelmente, a população toda de Austral-Fênix?

    "*Acreditariam nas fotos ou fingiriam não vê-las?*"

    Antônio saíra do estúdio, preocupado e ansioso.

    Esse assunto inesperado superara as suas expectativas, que já vinham assinaladas pela epígrafe do drama e da tensão no projeto fotográfico paralelo do amigo Celan. Aquele outro ensaio fotográfico em que ele alertava com imagens potentes, para a omissão e, talvez, para os crimes ambientais acerca do deserto, no passado, e da floresta tropical, no presente.

Aquilo já se mostrara complicado de se levar adiante e o fotógrafo batera de frente com o ceticismo da grande imprensa, que estava engolfada num momento de euforia econômica, de alguma xenofobia e de uma maré inflada de nacionalismo, considerando que qualquer ressalva aos grandes projetos soava como ataque à soberania do país. Ainda mais no caso de Gacilly, que era estrangeiro.

"*E isso que nada foi ainda publicado... imagina se publicam lá fora, como ele deseja, já vai ser duro de segurar a situação, a pressão... e essa agora, dos sem-cabeça, cara... vai ser complicado, e ele quer a minha ajuda...?!?*"

"*Ih, parece uma fria...uma grande fria!*"

"*Claro, o que ele conseguiu é sensacional, mas é perigoso ao extremo também, algo que vai exacerbar paixões, fúrias, especialmente contra ele mesmo, por ser carassotaque, ele percebeu na hora... não pode escrever nada, mas, verdadeiramente, quem pode?*"

"*Ainda mexe com esse inexplicável coletivo, que há anos todos vêem, mas ninguém comenta e fingem que tudo está bem... bem normal, cada um acha que só atinge aos outros, porque qualquer espelho apazigua, conforta e afasta qualquer culpa...*"

"*Eu mesmo me senti mal lá no estúdio, quando vi a minha foto sem a cara e sem a cabeça, como é que os outros reagirão às imagens?*"

"*É isso, o problema é com a gente mesmo! Aquilo é*

o horror, parece que especializa a culpa, aponta com o dedo..."
"Isso vai dar merda... e ele ainda quer que eu escreva a respeito e assine o texto!"
"Porra!...Celan vai criar uma fúria coletiva contra a gente, uma Inquisição pós-moderna, em que os alvos procurados seremos apenas nós dois... e uma multidão virá buscar a gente para torrar numa grelha incandescente a 3.000º graus, com a energia desse novo biocombustível feneciano!"

Antônio imaginara que ali estava uma situação limite, porém sabia que sua gente há muito aprendera a transitar em universos matizados, que ela sabia instintivamente evitar, com habilidade, os confrontos e as polarizações. O medo ia tomando conta de seu espírito e ele tinha que dar uma resposta ao amigo. A resposta começara a ser amadurecida em seu espírito feneciano para o encontro da próxima semana.

Celan contava com a participação do amigo no projeto. Ele escrevia bem, conhecia profundamente o espírito austral-feneciano, era um sujeito sensível e culto. Tinha espírito crítico, possuía credibilidade e era, na opinião do fotógrafo, um jornalista corajoso. Ele percebera que o amigo ficara muito desconcertado. Notara um constrangimento e um laconismo além do previsto, mas acreditava que fora pela surpresa e pela rapidez com que ele apresentara a sua invenção e a sua descoberta. Uma semana, ele alimentava a própria esperança, serviria para decantar a idéia na cabeça de um jornalista audacioso.

"*Estranho, ele não levou as fotografias...acho que teria sido bem interessante se ele tivesse levado as suas imagens, para ficar mais tempo olhando para elas*".

"*Fico olhando para essas fotografias dos sem-cabeça e isso me ajuda a gostar cada vez mais delas, a desejar mostrá-las a todos.*"

Em sua casa, encerrado em seu banheiro, sob a luz intensa que incidia diretamente sobre sua cabeça, Antônio examinava detidamente todos os detalhes do seu rosto, o pescoço tensionado projetando o rosto para a lâmina de vidro, os dedos percorrendo lentamente as áreas da face, marcadas com as sombras duras da luz direta e refletidas no grande espelho. Pensava no projeto de Celan Gacilly e nas fotografias incômodas do amigo.

"*Espero que o Celan não mostre aquelas imagens para ninguém até a semana que vem. É preciso refletir sobre a conveniência disso e os perigos que estão contidos nelas.*"

7. O INCIDENTE

Gacilly passara os dias iniciais da semana pensando em qual decisão Antônio tomaria sobre o projeto fotográfico dos sem-cabeça. Na parte final da semana já não se concentrara mais naquele assunto ou na expectativa da posição de seu amigo, porque acontecera uma novidade que tumultuara definitivamente a sua vida e o seu dia-a-dia profissional.

Suas fotos da paisagem em modificação em Austral-Fênix estavam sendo publicadas justamente naquela semana na Europa, em revistas especializadas e em jornais. Como as preocupações com o meio ambiente estavam se tornando, aparentemente, uma questão crucial no mundo, a ênfase e o espaço editorial concedidos foram significativos.

As fotos das grandes planícies de pastagens, as tomadas do deserto, as das imensas extensões plantadas com os cereais transgênicos do biocombustível feneciano, as imagens das queimadas junto às reservas florestais e as das derrubadas das árvores gigantes da floresta tropical tornaram-se a notícia escandalosa e com a gravidade de um desastre ecológico de grandes proporções em curso. A repercussão daquele material iconográfico desconhecido em Austral-Fênix também foi enorme. A notícia despencou fulminante como se fora uma descarga elétrica de altíssima potência sobre um parque de tanques inflamáveis de biocombustível, mal vedados.

"*Uma explosão sem controle, para arder por semanas*", pensou Antônio.

Aquele fato colocou o país *quase invisível* nas primeiras páginas dos principais periódicos europeus.

Gacilly começou a receber alguns telefonemas internacionais, de jornalistas que queriam entrevistá-lo sobre o assunto. Alguns deles estavam inclusive se deslocando naqueles próximos dias até a distante Austral-Fênix para falar pessoalmente com ele, com a finalidade de gravar um vídeo, para ver e comprar novas imagens, encomendar matérias visuais, obter outras informações, tentar documentar os processos de devastação. As matérias saíram com uma fotografia sua, como autor daquele ensaio fotográfico, que logo se transformaria em polêmica lancinante, em seu país.

A curiosidade do mundo voltou-se momentaneamente para a ilha-continente. O fotógrafo Celan Gacilly provaria uns instantes de celebridade, à distância, e amargaria por um tempo insuportavelmente mais longo o estigma de vilão, situação epidérmica desprotegida, em que o preconceito contra os carassotaques acentuou-se exponencialmente.

Tudo aconteceria muito rapidamente.

"*Como eu temia e já tinha previsto, meu caro*", escreveu mais tarde Antônio, num bilhete de apoio e consolo ao amigo fotógrafo.

*PAAAF!..*explodira na face esquerda de Gacilly

a bofetada espalmada, aberta e sonora, no meio do saguão de desembarque internacional do Aeroporto de Alma. A senhora idosa, pequena e encanecida, para Celan e para os espelhos em volta, vestida de maneira sóbria e elegante, aproximara-se do fotógrafo sem hesitação, plantado, vertical e vísivel com sua cabeça proeminente como um farol bretão, em meio a inúmeros circunstantes apressados, desprovidos das próprias cabeças. Celan, que via os rostos de todos à sua volta, sem exceções, e esperava, distraído, por um jornalista estrangeiro no desembarque, vira a dama elegante movendo-se decididamente em sua direção, mas não considerara nenhum acontecimento que o envolvesse porque não a conhecia.

 O bofetada de bolero ressoou metálica, retinindo e estilhaçando-se pelos espelhos e pelos metais do aeroporto, seguindo-se um silêncio de crematório enquanto ela gritava, chamando-o de "*Carassotaque traidor, mentiroso!*" A senhora voltou-lhe então as costas e saiu fazendo soar alto os saltinhos dos sapatos, como se fora um soldado marchando para a batalha final. Ao redor, todos riram da situação constrangedora em que ele, Celan Gacilly, se vira metido, inadvertidamente.

 Ele permanecera ali, ancorado ao chão, ainda como o velho farol, mas agora sem nenhuma majestade, no meio de uma terrível tormenta, borrascoso, humilhado em fina platéia, rosto queimando, com uma das faces mais acesa que a outra.

 Surpreso, não percebeu na hora o que acontecera.

Ouviu os comentários paralelos, frases atravessadas, as perguntas, os cochichos com a palavra *carassotaque* em vários deles. Entenderia no decorrer dos dias seguintes, ao ver a sua fotografia divulgada por todos os lados. Em vez de um artista que alertava com sua obra para distorções ambientais perigosas, era apresentado como um arrivista infame, colonizador, um estrangeiro metido que estaria conspirando contra o país, tentando colocar em risco um fabuloso projeto de soberania nacional, de enriquecimento de uma nação frente ao mundo e até tentando maliciosamente neutralizar um instrumento de defesa do meio ambiente no planeta.

Uma fonte de vapor nacionalista e xenófoba entrou em ebulição. A publicidade mexeu a massa, colocou os ingredientes previsíveis, abriu o gás, estacionou o bolo dentro do forno e recolheu a gorjeta.

"*Eu vi a senhora elegante se aproximando, mas não consegui sequer imaginar aquele tabefe, assim de repente... foi uma surpresa*", Celan comentou com os amigos.

"*Nem imagina o que está acontecendo, não é? Você virou um herói ambiental no mundo inteiro e um vilão aqui...*" retrucou Antônio, no meio da conversa.

"*É, Antônio, mas veja as fotos, ali não há ideologia nem política, eu apenas fotografei o que vi, eu apenas fui até os locais de difícil acesso, por minha própria conta, e mostrei o que ninguém vê.*"

"*Mas virou outro assunto...*"

"*Virou porque estão deturpando tudo para esconder o*

essencial, os interesses que sempre se escondem atrás dessas iniciativas aparentemente inofensivas e bem fiscalizadas...o deserto não ocorreu espontaneamente, Antônio, veio depois do grande canavial, o desmatamento nas reservas da floresta não está ocorrendo naturalmente, tem gente fazendo aquilo em nome de lucros absurdos que estão camuflados por mentiras..."

"Nós sabemos disso..."

"Todos sabem e quem faz algo a esse respeito?... Mas o carassotaque sou eu, o estrangeiro que mancha a imagem do país que o acolheu com generosidade; no começo tudo está muito certo, está bem feito e sob absoluto controle. O planejamento é científico e correto, a floresta não vai acabar, os peixes nunca vão se extinguir, o ar não ficará irrespirável, o solo continuará fértil... será que é assim mesmo que acontece? Daí você vê o deserto infernal, aliás ninguém vê... ninguém vai lá, mesmo". Celan estava exaltado, quase gritando, mostrando a revista estrangeira que continha as suas fotos.

"Torceram os fatos para se defender, Celan, da pressão internacional..."

"Pra se defender? Quem os ataca, eu? Não, eles nos atacaram antes o tempo todo, a todos, sistematicamente, pela nossa falta de conhecimento, pela nossa omissão, pela nossa ausência. Atacam a nossa saúde. Foi assim com o chumbo na gasolina, com a química nos rios, com o petróleo no mar, com o gás carbônico no ar, com a fumacinha dos cigarros, com a radiação por todo canto, nos telefones celulares, quem sabe? Depois nem se desculpam, somem simplesmente, trocam de pele e ficam em silêncio,... e quem leva um tabefe estalado na

cara, desferido por uma velhinha no meio do salão do aeroporto internacional, sou eu... porque, claro, eu sou o carassotaque traidor..."

Os amigos estavam em silêncio, concordavam com o fotógrafo, mas não sabiam o que podiam fazer naquela situação, sentiam-se impotentes frente ao colosso indecifrável e tinham medo. Sempre tiveram aquele medo feneciano, úmido e medular, que os acompanhava desde o nascimento, e o sentimento de que não havia o que fazer.

Antônio levou o amigo para fora, ele estava bem exaltado, fazendo discurso e era momento de diminuir a tensão inflamável do ambiente. Ele mesmo ainda não tinha dado sua resposta ao fotógrafo sobre sua eventual participação no projeto dos retratos sem cabeças e não seria naquele instante, o mais inadequado de todos, no epicentro daquela confusão.

Antônio já tinha decidido que não escreveria nada sobre aquele assunto mas ainda não falara ao amigo.

Celan encostara-se a uma parede branca, e ali ficara, silhueta vestida de preto, olhar perdido na escuridão da noite austral-feneciana. *"Você pergunta o que se pode fazer, Antônio... pode-se fazer qualquer coisa. Não temos dinheiro, mas temos a nossa indignação e o nosso instinto de sobrevivência, temos os nossos filhos, temos o mais importante, as nossas vidas. Temos as nossas vozes, podemos fotografar, podemos escrever, podemos reclamar, exigir água limpa... podemos falar uns com os outros, escolher a comida sem venenos, andar de bicicleta, entrar com ações na justiça.*

Se não der em nada não tem importância, podemos continuar reclamando, juntando gente, não desperdiçar a água, não fumar, ler os rótulos com lupas, falar com as crianças, manter a nossa indignação, sei lá, só não podemos aceitar em silêncio e nos resignarmos bovinamente a esse apocalipse mascarado de "certeza científica". *Eles estão enganados e nós podemos ver e sentir isso com o nosso instinto. Todos os animais pressentem o perigo, nós não somos diferentes nem superiores, somos apenas isso, animais em risco de vida.*"

"*Celan, pare com esse discurso bobo, está todo mundo no mesmo barco, ou melhor, no mesmo planeta, e vamos ter que consertar essa rota sozinhos. Vá dormir, aquele tapa mexeu com sua cabeça e estragou alguma coisa aí dentro dessa enormidade que todos vêem e que é excelente alvo para velhinhas boxeadoras. Cara, quebrou seu botão da incontinência da fala, pare!*"

Antônio partira prometendo encontrar Celan dali a uma semana. Ele desejava que aquela situação esfriasse e que o fotógrafo estivesse um pouco mais sereno para enfrentar o que ele iria dizer-lhe acerca de sua decisão sobre o projeto dos retratos.

O novo encontro aconteceu na quinta-feira seguinte, no final da manhã, na padaria defronte ao estúdio.

Ali Antônio encontrara Celan, que já o esperava sentado a uma das três mesinhas na pequena sala lateral junto à entrada da padaria. O fotógrafo empilhava na mesa algumas revistas e uma pequena máquina fotográfica digital. Pediram dois cafés expressos, sem açúcar, e o fotógrafo comentou que ali o café era bastante bom e bem tirado, um café aromático e oleoso, proveniente do Brasil.

Nesse momento ocorreu o incidente.

De uma moto parada nas proximidades da padaria desceu um de seus ocupantes, que dirigiu-se diretamente ao caixa do estabelecimento. Celan observou que o motociclista estava com uma jaqueta de couro marrom desgastada, capacete preto, luvas de couro preto, passou pelos dois, sem tirar o capacete. Aquilo parecia bem estranho naquele cenário dos sem-cabeça, ainda mais para ele, Celan, que via e prestava atenção a todos os rostos. O sujeito foi, voltou e saiu rapidamente, abandonando sobre a mesinha ao lado de Celan um exemplar da revista GEO que continha as suas fotos, inclusive a imagem da capa, bem à sua vista.

Celan viu a revista ao seu lado, levantou-se e saiu rapidamente à calçada na direção da dupla da motocicleta, que partira e saíra sem pressa pelo meio do trânsito, o carona da moto observando-o com a frente do capacete escuro voltada em sua direção. O fotógrafo fez algumas imagens dos dois vultos, que desapareceram em poucos segundos, encobertos pelos veículos em movimento.

Ele retornou à mesa e abriu a revista, bem no início de seu ensaio fotográfico. Ali numa folha em branco, grampeada na página que exibia o seu retrato em preto e branco, estava a mensagem em letras pretas de uma impressora de computador, com o erro de português estampado, grande, ruído visual, desanimador, perpétuo:

CARASOTAQUE

pare
senão vai
perder sua
cabeça

Celan olhou para o amigo Antônio e fez uma careta de desdém. Concentrou-se em seguida no visor eletrônico de sua máquina fotográfica, percorrendo a seqüência de imagens dos motociclistas em fuga. Fez uma aproximação de uma das imagens em *zoom* e certificou-se que o veículo era uma moto japonesa, preta, dessas de 250 cc, idêntica a todas as outras, as mais comuns e numerosas que circulavam por Alma, e estava com a placa de licença oculta, coberta por uma película de plástico negro. Mostrou a imagem ampliada para o escritor.

"*Eu não tenho mais nenhum medo, essa gente não vai me atemorizar, as fotografias já foram publicadas, e daí? Se servirem para alguma coisa, melhor, se não,* se ninguém quiser fazer nada, azar... e esse azar será de todo mundo..."

"E ainda me deixaram de graça mais um exemplar dessa revista, que é bastante cara...ótimo! Vou guardar, com o bilhete grampeado, inclusive. Assim mesmo!" Antônio olhava o amigo carassotaque e percebia que ele estava bastante solitário. Talvez estivesse realmente correndo perigos. Aquele acontecido era preocupante, ele teria que tomar precauções. Mas admirava-lhe a teimosia permanente e aquele cinismo bem francês de minimizar qualquer importância em todas as situações que o cercavam e a sua busca de retirar ênfases, eliminando a emoção e o sensacionalismo.

"É, Celan, mas seria bom tomar mais cuidado, essas imagens publicadas levantaram forças pesadas contra você, injustas, preconceituosas, na verdade, mas são poderosas, secretas, e os métodos, que conhecemos bem, não costumam ser nada elegantes, você viu aí, motoqueiros mascarados, chapa encoberta, ameaça anônima, são coisas herdadas dos anos inox."

"Celan, eu decidi agora, vi o que está acontecendo, vou escrever o texto que você precisa, mas vamos combinar uma coisa, você me dá um tempo... deixe esse tumulto passar, vamos publicar mais adiante, só daqui a alguns meses...", continuou Antônio.

Ele concluíra que seria necessário esfriar um pouco aquela atmosfera contaminada de paixões e de exageros. Inundada por preconceitos, mais agora com aquela novidade da ameaça. Uma situação perigosa.

"*Você irá à polícia?*"

"*Não, por enquanto, não. Não se preocupe, Antônio, vou tomar cuidado, serei prudente, e se perceber algo esquisito, aí sim, irei à polícia, sumirei, viajarei por uns tempos, para fotografar por aí... fotografarei cavalos.*"

Antônio sabia que Celan jamais recorreria à polícia, não pela sua teimosia e sim por não confiar nas providências possíveis, ainda mais por um motivo como aquele, anônimo. Considerava a polícia o outro risco.

GEO é uma revista francesa especializada em geografia. Traz paisagens selecionadas, muitas fotografias em cores, com um foco em turismo, algo de meio ambiente e um pouco de ciência, assuntos recolhidos em todos os pontos do planeta. Nela estava publicada a matéria na capa com o ensaio fotográfico de Celan Gacilly, mostrando uma plantação a perder de vista, junto a duas pequenas imagens, a de um incêndio da floresta tropical, e outra, a do deserto avermelhado, em processo de erosão. O título O DESERTO VERDE DEVORA A FLORESTA, *Le Désert Vert Dévore la Forêt* - tinha sido o estopim inesperado de um escândalo feneciano. A revista era pouco conhecida e quase não era vista, sequer comprada, em Austral-Fênix, mas como fora reproduzida pelos grandes jornais europeus, um lote numeroso chegou à Polinésia Francesa e de lá, foi distribuída na ilha-continente.

Daí iniciaram-se os comentários, algumas reportagens tímidas no princípio, a seguir alguns editoriais tendenciosos e subitamente instalou-se um furor nacionalista, bem ao modelo dos *anos inox*, incentivado provavelmente por uns tantos interessados que se manteriam imprecisos nas fumaças do anonimato, quem sabe se não seriam os mesmos que estavam investindo naquela história de biocombustível?

Nunca se saberia bem como tudo aquilo começara e tão mal. Seguiram-se os impropérios, o recrudescimento dos preconceitos contra os estrangeiros, a bofetada no aeroporto e a ameaça anônima endereçada ao fotógrafo.

Celan passou ao amigo todas as imagens e os retratos ampliados que continham o segredo misterioso daquele povo. Aquilo a que todos tinham se acostumado, que virara uma espécie de notícia visual trágica, sem legendas e sem som, uma notícia tão horrenda que todos fingiam não ver, não saber ou não comentar, e que impressionava lugubremente a quem se detivesse a pensar a respeito. A exceção mais notável era o fotógrafo Celan Gacilly, o carassotaque que pensava todo o tempo sobre aquele fato.

Na realidade, ninguém mais, exceto Gacilly, pensava naquele fato inexplicável, que se espalhara impetuosamente, como uma doença que contagiara a todos antes que ele, imigrante, chegasse.

"*O que dizer sobre isso?*", pensava Antônio, temendo que seu texto ainda a ser escrito tomasse um rumo indefinido e se transformasse numa forma de expiação coletiva. O trabalho que o aguardava, dar sentido àquelas fotografias, projetava-se como árduo, talvez o mais complicado que enfrentaria em sua carreira de escritor e como cidadão feneciano.

"Não, não poderia ser algo escrito com esse viés ou com tal remissão, de forma grandiloqüente e muito menos moral. Era preciso evitar essa facilidade e esse sensacionalismo. Aquilo era uma forma de arte, tinha que ter unicamente esse enfoque, o de descrever que alguém alcançara ver algo e tivera a competência para fazer isso, sem truques e sem anedotas. Não cabiam ensinamentos, ainda menos conclusões bombásticas, seria uma traição ao amigo e uma indelicadeza à inteligência de seus conterrâneos, estaria se praticando uma redução, era imprescindível ser contido, ele deveria estar apenas no seu papel de jornalista, apontar o fato, dar a notícia".

Antônio pensava que teria que manter a compostura a qualquer custo, escrever milimetricamente, equilibrando-se sobre a lâmina afiada da realidade, exigindo reinventar a própria humildade para passar à distância das reflexões moralistas e reduzir sua palavra ao essencial.

A notícia de que fora possível, pela primeira vez, fotografar o jeito que os fenecianos viam-se uns aos outros no seu cotidiano.

Nada além disso, porque aquele era o fato novo, a documentação inédita na versão fotográfica original; o fato antigo, o tema das imagens, esse habitava a cabeça de

todos há muito tempo:
ASSIM NOS VEMOS.
Esse seria o título do texto. Qual seria a sua finalidade? Um artigo para uma revista de imagens, um texto para livro acompanhando um ensaio fotográfico?
Antônio não sabia e Celan também ainda não sabia como tudo iria acontecer.

8. AS IMAGENS E O FATO

Antônio recolheu-se aos seus compromissos, foi escrever seu texto. Celan foi tratar de ampliar suas fotos, pensar no projeto de seu novo ensaio fotográfico, cuidar de sua vida. Outros, sem que os dois soubessem estavam cuidando também, observando-os discretamente, anotando seus movimentos, suas rotinas, fazendo relatórios, escutando seus telefonemas, fotografando-os com câmeras de telefones celulares.

Naqueles dias movimentados, saíram matérias jornalísticas sobre a importância da nova riqueza, aquele biocombustível que começaria então a ser exportado para a China e para os Estados Unidos pelo porto de Polinésia. Publicaram-se editoriais entusiasmados, economicamente redentores. A publicidade, em graus crescentes de euforia, tomou páginas duplas coloridas de vários periódicos. O tom era sempre de vitória, de fervor nacionalista.

Um tanque-verde, assim estavam sendo chamados os navios-tanques gigantes que transportariam dali para a frente o biocombustível para os outros países, em substituição aos super-petroleiros, partiria naqueles dias do porto do norte do continente.

A única voz contrária, quase silenciosa, minúscula, porém incômoda, permeando o alarido das certezas, era o ensaio publicado por Gacilly, que vez ou outra era citado e continuava gerando desconforto e veemências, em gritos e letras.

Iniciara-se um movimento organizado de ecologistas fora do país, nos jornais, nas TVs estrangeiras, alertando sobre os perigos daquela aventura ambiental em andamento em Austral-Fênix e até um navio de uma ONG de defesa do ambiente estava em rota marítima para tentar atrapalhar a trajetória do grande navio-tanque.

Isso não era percebido internamente pela quase totalidade da população da ilha-continente. A Marinha de Austral-Fênix, no entanto, estava mobilizada para defender a honra nacional e, naturalmente, os interesses comerciais das empresas envolvidas naquele negócio potencialmente lucrativo. Duas corvetas armadas e um helicóptero da Marinha escoltariam a saída do tanque-verde no percurso em águas territoriais fenecianas. Era uma questão de segurança nacional.

Em Alma, o fotógrafo Celan Gacilly continuava o seu trabalho, alheio a tudo que ocorria à sua volta.

Cochichos. Publicações. Comentários. Conversas. Maledicências. Difamações. Solicitações de entrevistas. Insultos. Ironias. Preconceitos. Admiração. Pedidos de autógrafos. Telefonemas anônimos. Silêncios. *Grampos*. Linhas cruzadas. Xingamentos de *carassotaque*. Palavrões. Ameaças em bilhetes. Cartas anônimas. Telefonemas de apoio. Telefonemas internacionais. Convites para palestras. Solicitações de fotografias. *E-mails. Spam.* Encomendas de fotos publicitárias.

Enganos. Contatos. Notícias.

Ele ignorava praticamente todas as situações. Recusava-se a tudo. Atendia somente as solicitações de fotografias de autoria, como artista e como autor de imagens de fotojornalismo.

Celan não se sentia melhor nem pior do que ninguém, apenas amadurecera e já não guardava expectativas, não acreditava em quase nada, não tinha admiração pela conduta humana na qual ele dificilmente conseguia vislumbrar qualquer vestígio de grandeza. O ser humano, ele percebia, era capaz de cometer as piores vilanias, as mais sórdidas, as mais destrutivas, as traições mais impensáveis, era um predador de tudo, principalmente e inclusive da natureza e do planeta no qual habitava. Ele incluía-se integralmente nessa tropa da barbárie e era o seu autocrítico mais ácido porque era quem melhor conhecia os seus próprios defeitos e as próprias pequenezas.

Jamais se perdoava de nada. Sempre encontrava um erro em alguma atitude ou decisão que tomara.

Todos os dias procurava viver cada instante de uma maneira precisa, sem mentir, sem destruir, procurando não prejudicar ninguém e sem se furtar a mostrar aos outros o que descobria, contra si e para si, e que alentava pensar que pudesse ser transformado em algum benefício coletivo. Poderia errar e muitas vezes errava, mas não buscava tirar benefícios pessoais lastreados em vaidade ou em auto-indulgência.

Dessa disposição nasceram os dois projetos, o do meio ambiente e os dos sem-cabeça. Não os imaginara na busca de uma eventual notoriedade ou para simplesmente vender suas imagens, que não eram contra ninguém, nem contra um governo e menos ainda contra um país, aquele que escolhera viver. Acreditava que o que estava fazendo seria saudável para si, para todos naquele lugar e para os que ali habitariam, no futuro. Mas não se considerava nenhum *salvador da pátria*, apenas um fotógrafo normal, que aparentava estar sendo mal-querido por todos no momento, e na razão direta daquele mal-entendido, recebera um tapa sonoro na cara. Símbolo.

Carassotaque.

"...*melhor fotografar cavalos...*"

O importante para ele eram as suas fotos de retratos e as feitas em espaços públicos, com as pessoas sem as suas cabeças. Fizera algumas naqueles dias, ao acaso, em externas, fora de seu estúdio.

Espalhara suas ampliações sobre a bancada do estúdio e as observava cuidadosamente, quando soaram a campainha da porta de entrada do edifício. Ficou alerta porque era bastante tarde da noite e estava só no estúdio. Era o momento da precaução, aquele fato não era comum.

Recolheu e ocultou todas as imagens num amplo gaveteiro de metal.

Observou antes a imagem pela câmera de vigilância, em circuito interno, e reconheceu o amigo Antônio.

"*Antônio...o que fazia ali, naquela hora, sem*

telefonar antes para avisar dessa chegada, inesperada?"

Abriu a porta ao amigo e este entrou rapidamente, pedindo que ele trancasse a porta, depois de olhar atentamente para os lados, na escuridão da rua.

"*O que aconteceu, Antônio?*"

"*Celan, nada aconteceu, ainda... mas acho que existe algo estranho em volta da gente. Acho que estão nos vigiando, eu não posso provar nada mas sinto que algo está esquisito está acontecendo.*"

"*Porisso não telefonei, acho que os nossos telefones estão* grampeados, *escuto uns chiados, uns estalidos, às vezes o som está mais baixo do que o habitual. Quando eu saio, sinto que estou sendo seguido, mas não consigo ver ninguém. Agora à noite não percebi nada, dei umas voltas inesperadas, dirigi de maneira abrupta, fiz uma conversão proibida, andei rápido, mas acho que tudo foi inútil porque eu estava vindo para cá de qualquer forma e eu acho que você também está sendo vigiado...então...*"

"*Sei, Antônio, mas é um pouco de paranóia sua, não?*"

"*Não, Celan! Estão escutando a gente, olhando nossa correspondência, percebo que existe algo no ar, uns vultos furtivos, na padaria da esquina, no café e na livraria que freqüento, quando vou ao correio...um carro que me segue e depois some, uma moto...Você não percebe nada?*"

"*Ihhh, Antônio, você está ficando louco, não está acontecendo nada, você ficou impressionado com aquela ameaça anônima, mas não se preocupe, não é para tanto, meu caro. Não somos tão importantes assim*".

"*E aquela ameaça, Antônio, já fez o efeito que eles queriam, instalar um estado de terror, infundir o medo. A questão é sempre o medo. Eles são especialistas em medo*".

"*E nós, em sentir medo.*"

"*Antônio, você está com medo?*"

"*Estou, Celan, eu tenho uma família, filhos adolescentes, um mulher que fica atemorizada com facilidade, não só ela, confesso que fico com um medo tremendo, também...*

"*Todos ficamos, Antônio. Eles são peritos em criar situações de terror, em desestabilizar, inocular o medo em nossos cérebros, em nossos pensamentos.*"

Os dois ficaram em silêncio por uns instantes. Celan ofereceu uma bebida ao amigo, que não aceitou.

"*Antônio, você está em dúvida? Você vai escrever o texto sobre as fotos dos sem cabeças?*" Celan perguntou.

"*Vou escrever sim, Celan, tenho medo por variados motivos, acho que isso até vai se misturar nessa situação indiretamente, mas essa história de hoje é motivada apenas pela questão ambiental, pelo novo combustível, pela pressão estrangeira, ninguém sabe ainda da existência dessas suas fotos sem-cabeça, mas vou escrever, há um risco dos assuntos se juntarem num certo momento, mas esse problema ambiental já está presente e o outro ainda nem começou, tenho alguma idéia sobre a abordagem para aquele tema das fotografias. Tenho até um título para o texto.*"

"*Bem, se você pensou um título é bom sinal.*"

Celan abriu o gaveteiro e retirou as novas fotografias ampliadas. Repetiu a ação realizada uma hora e meia atrás e era como se o tempo se mantivesse estático ou se repetisse circularmente. Novamente as imagens estavam distribuídas sobre a bancada na mesma posição em que se encontravam antes, inclusive a seqüência e as angulações. As ações repetiram-se idênticas, como um pêndulo, mas os ponteiros daquele relógio não se moviam, a fantasmagoria do tempo parecia parada, o cenário da realidade inerte, potencialmente trágico, como nos segundos anteriores da bomba em queda livre chocar-se com o alvo.

As imagens.

Antônio e Celan ficaram lado a lado, olhando as imagens, em silêncio mineral. Nenhum dos dois falou durante minutos. A campainha do estúdio não soou. Cachorros não latiram. Nenhum ruído de veículo na rua. Apenas o silêncio e as fotografias. Antônio pensou, "*...isso vai dar uma merda, uma confusão...*" e guardou para o si o comentário torto que só atrapalharia naquela situação e tornaria tudo mais temerário e tenso.

"*Essas são bem interessantes, essas tiradas na rua, veja...*", apontou Antônio. "*E aquele cara, saindo do enquadramento, mas com a cabeça, é um carassotaque?*"

"*Ehhh, com certeza, tudo indica que sim...*", respondeu pensativo o fotógrafo.

O fato, silencioso em toda aquela situação, por todos os lados, em todas as direções, envolvendo a totalidade das pessoas em Austral-Fênix, de qualquer idade ou procedência, era o medo, permeado a tudo, como uma gosma, umidade sem cheiro.

8. NA ESTRADA PARA ANALEOA

"*...fotografar cavalos.*" Celan saiu com o carro para a estrada, com os seus equipamentos fotográficos, em duas malas de metal e sacolas de lona, levou o *Especular Gacilly* desmontado numa das embalagens metálicas, em sua bagagem de trabalho.

Ele não era um cientista, nem especialista em meio ambiente, não era um ecologista de função. Não tinha tal atividade como missão de vida ou de profissão, solucionar tecnicamente problemas ambientais de uma região ou do planeta. Ele apenas vira situações estranhas que o surpreenderam, que considerara fora de ordem, em desarmonia. Isso era uma temática estética para ele, de interesse coletivo, de sobrevivência. Como estava sozinho e tinha uma câmera, fizera os registros para mostrar aos outros o que tanto o surpreendera.

O deserto em progressão, as ruínas esquecidas, os rios secos, as queimadas, o espaço tomado por plantações infinitas em locais que deveriam estar legalmente ocupados por uma floresta nativa que ia minguando. Fotografara aquilo que vira, e conseguira publicar, com dificuldades extremas, apenas no exterior. Essa era a sua profissão. Fotografar, simplesmente. O que aconteceu posteriormente, ele não conseguiria imaginar, sequer prever, pela prudência que se tornara um hábito seu.

Agora Celan estava novamente na estrada, numa longa viagem contornando o deserto pelo sul, desde Alma até a costa ocidental oposta do continente, passando inicialmente nas proximidades da cidade de Austral Antártida, formando uma longa curva em elipse horária na direção de Analeoa, na região balneária das praias de lazer e do surfe.

Decidira afastar-se durante um certo tempo da capital para deixar aquela situação afrouxar um pouco.

A viagem era longa, melhor seria fazê-la de trem, mas não havia mais trens. As poucas ferrovias operacionais tinham envelhecido, acabaram desativadas, não existiram novos investimentos para modernizá-las, tudo se perdera em sucatas imprestáveis, o dinheiro da infraestrutura fora canalizado para as rodovias. Uma decisão tomada nos *anos inox*, que se refletia sobre a ausência, a placidez e a morosidade de ação dos dias atuais. Poderia ter ido de avião, seria bem mais rápido, logicamente, mais econômico, muito mais poluente, mas não era esse o motivo da escolha do modo de locomoção, era o tempo, chegaria demasiadamente depressa e não veria o que desejava, o próprio caminho e os fenecianos dos pontos ao longo das estradas, nas pequenas cidades e vilarejos.

A viagem feita em ônibus também o impediria de ver, apenas passaria pelos caminhos convencionais, sem nenhuma possibilidade de sair do trajeto, alterar as rotas, desvendar o que está ao lado, invisível. Não poderia parar e fotografar, que era o objetivo enriquecedor daquela decisão. Não teria o tempo em favor de seu trabalho. O tempo para "...*fotografar cavalos.*" Seguiu com seus equipamentos e levou o passageiro de luxo ao seu lado, invisível, como o navegador que decide as paradas, as direções a tomar nas encruzilhadas dos mapas rodoviários e a velocidade no percurso. Celan pensava enquanto dirigia, concentrado apenas nas fotografias de sua temática particular, que iria clicar durante os dias daquela viagem sem previsão de final. Afastara-se da capital, saíra do pipocar de solicitações, de compromissos, de falsas urgências, do clima sombrio das ameaças e da celebridade involuntária e incômoda. Seu pensamento era um periscópio na rota do asfalto, escolhendo protagonistas ao acaso.

Fazia um roteiro entre a grande estrada e as alternativas de desvios pelas pequenas localidades, pequenos povoados, estradas secundárias que o levavam a cidadezinhas esquecidas e distantes das atividades econômicas mais organizadas e poderosas. Foi descobrindo locais inesperados e gente interessante. Quando encontrava um assunto, uma situação original com pessoas num daqueles cenários, fotografava. Registrou mesas de bares, postos de serviços, cenas numa passagem de uma balsa num rio, festas populares, saídas de templos, um piquenique, tendas improvisadas com venda de frutas numa beira de estrada, uma saída de uma cerimônia de casamento, procissões de devotos, cenas em cemitérios.

O fotógrafo foi aumentando o conjunto de suas improváveis imagens dos sem-cabeça. Aquela viagem fazia-lhe bem, pois o distanciara, num trabalho absorvente, da atmosfera dispersiva e estressante de Alma, e o reconduzira ao foco de seu trabalho e de sua pesquisa.

Vez ou outra fazia uma ligação telefônica para Antônio e tomava conhecimento do clima na metrópole.

A situação estava se acalmando rapidamente, informava o jornalista, o que tranqüilizava o fotógrafo.

"*Acho que a situação está ficando mais suave, Celan. Aproveite a viagem.*"

Aquela estava sendo uma boa experiência, a temporada do ensaio fotográfico na estrada para Analeoa. A coleção de fotografias crescera com imagens fora daquele contexto inicial, menos urbano, um tanto menos caótico, e revestira-se dos componentes de melancolia, de solidão e de um certo humanismo desprotegido. O fotógrafo percebia e incorporava-se a um conjunto humano menos teatralizado, mais tangível e comovente. Celan acreditava que aquela coleção de imagens traria uma força visual potente ao texto que Antônio estava escrevendo em Alma.

"*Antônio, acho que você vai gostar dessas novas imagens, elas têm um outro foco de emoção, com as pessoas e no cenário em sua volta... uma atmosfera de melancolia.*"

"*Traga suas imagens, preciso vê-las para incorporá-las ao texto. Ele vai indo bem, adiantado...*"

"*Fiz várias imagens interessantes, em pequenas*

localidades, mais rurais, lugares meio esquecidos..."
"Celan, quando você volta para Alma?"
"Estarei em Analeoa, amanhã no final da tarde, estou indo pela estrada das Três Cascatas, mas somente terei as fotografias quando retornar a Alma, tenha paciência, ainda vai demorar, tenho que relevar, escolher, ampliar."

O fotógrafo estava enganado, não demoraria todo o tempo que estava prevendo.

Celan aproximava-se do balneário de Analeoa, pela estrada secundária mais utilizada, a rota de Três Cascatas, que não chegava a ser uma auto-estrada de pistas duplas, esta ele somente encontraria algumas dezenas de quilômetros à frente. Era uma estrada de pista simples, bastante perigosa, pelo contínuo movimento de veículos e caminhões pesados. O fotógrafo dirigia em velocidade regrada, com prudência, pois estava tranqüilo, satisfeito com o trabalho que tinha realizado naquela longa viagem. As coisas corriam como fora planejado. Celan sentia-se bem no percurso, depois de tantos infortúnios e inquietações nos últimos tempos em Alma, com um estado de felicidade intensa tomando conta de seu cérebro.

O carro rodava mansamente sobre o asfalto, no limite da velocidade normal para aquela estrada.

Num instante, no meio da longa curva projetou-se sobre ele um carro prateado, em alta velocidade, numa ultrapassagem impossível e suicida, pela contramão, em local sinalizado como de ultrapassagens interditadas. Bateriam frontalmente, na direção vertiginosa do asfalto.

O fotógrafo preservaria, postumamente, o seu privilégio de ter a razão na condução dos carros. Inútil. Celan desviou bruscamente para o acostamento de terra, e o míssil prata zuniu sobre a sombra de seu carro. Agora ele pipocava na terra irregular do acostamento, saltando sobre os buracos, erosões e brita. A capotagem estava iminente. Decidiu retornar ao asfalto, por instinto e subiu o degrau da estrada. Não havia mais chão, nenhuma aderência. Lembrou-se que "*não há carro seguro, que não existe pneu seguro...*" A tonelada de lata e aço deslizava em hélice sobre o gelo escuro em fusão, sem nenhum controle, direção demente, rodas descoladas do chão, girando sobre si mesmo na direção da sorte. Ou do acaso. Não adiantava nada brecar, tampouco virar o volante ébrio, a cena veloz, giratória, era a das árvores em mancha verde esmeralda brilhante, a dos campos com o capim alto e pedras em silhueta contra a luz, o pôr-do-sol em epifania renascentista, nuvens rosadas e cinzas sob o teto azul celeste, fachos de luz michelangelescos, recortados em perspectiva no pára-brisa do veículo desgovernado.

O carro saiu da estrada, sem tocar em nada, cruzou transversalmente o acostamento, projetou-se no vazio em segundos de fermata, passou voando sobre uma cerca de arame farpado e espatifou-se com um estrondo no campo,

SSSSSSHHHHHH.........TUUUUMMCRRRÁÁH

sobre as macegas selvagens e travou instantaneamente nas fendas de erosão. Essa foi a sorte grande de Celan, o carro não bateu nas pedras, nem nas árvores, não rolou, não tombou, simplesmente caiu de chapa, sobre as quatro rodas e ficou contido nas imperfeições do campo gretado. Celan Gacilly não morreu, não perdeu a consciência, e os danos materiais resultaram de pequena monta.

Ficou artudido pelo rodopio e pela batida, sonora, vertical, brusca e na passagem rude da velocidade à repentina paralisação de qualquer movimento.

Silêncio branco e após, a percepção das vozes e dos sons da estrada.

A dor no fundo da cabeça, na base do crânio.

O fotógrafo ficou ali, tonto pelo forte baque e pela rapidez do fato. Vira as cenas passando cinematograficamente na sua cara, NÃO, nada que fosse do passado nem da memória, apenas as da catástrofe real em andamento. Ficou uns segundos ali parado, preso ao assento pelo cinto de segurança, no meio da poeira que subia do chão, defronte à luz gloriosa, ouro intenso, cenário esplêndido. Belo. Terrível. Logo chegaram os outros motoristas que tinham parado pelos acostamentos e vinham em seu auxílio, descendo da rodovia pelo barranco, para o local em que o carro estancara.

Morto... morto? Não, o motorista não estava morto.

Celan foi retirado do carro com essa ajuda solidária, estava ainda confuso e foi tornando-se envergonhado pelo desfecho sem alternativas, sentia-se ridículo, ruborizado, pois não compreendia o que acontecera, como o carro se desgovernara daquele jeito, por que subitamente se desprendera do chão e tornara-se um pião errático e caprichoso?

"*...não existe carro seguro, não existe pneu seguro...*", pensara incrédulo enquanto circulava em torno do automóvel, observando os danos e verificando o estado dos equipamentos fotográficos, no compartimento da bagagem. Fora uns amassões na lata, na frente, nas laterais e a perda dos pára-choques de plástico, estraçalhados e caídos pelo campo, nada mais acontecera.

Os equipamentos de trabalho pareciam em bom estado, o choque fora absorvido pelas embalagens.

De pronto chegou uma patrulha rodoviária de socorro, estranhamente para Celan, numa ambulância equipada. O patrulheiro desceu com uns equipamentos de primeiros socorros e uma caixa frigorificada, surpreendeu-se visivelmente ao ver o motorista em pé e movimentando-se normalmente ao lado do carro acidentado, sem ferimentos, inclusive com a cabeça bem à vista de todos, no lugar.

Expressou sua surpresa, sem disfarçar.

"*...uéééh, todos morrem nessa curva, o sr. teve sorte...*", disse o policial. Celan, desconfortado e sem culpas, não recebeu bem o comentário.

"*Se essa curva é tão perigosa e a polícia rodoviária sabe disso, deveria fiscalizar mais, multar e reter os infratores, devia sinalizar a curva e evitaria o que aconte-*

ceu... um cara imprudente, em alta velocidade fez uma ultrapassagem em local proibido, sem ver nada, o que me obrigou a sair da estrada. O irresponsável passou liso, sumiu, provocou o acidente e deixou todo o problema para trás. Fugiu impunemente...", Celan retrucou ao patrulheiro, que ficou impassível, silencioso.

Celan subiu à rodovia e olhou o cenário do acidente, agora com alguns carros parados, a melancolia dourada do final do dia acentuando as sombras na curva sem visibilidade. Sua viagem estava definitivamente estragada. Acabavam-se ali os planos elaborados para sua chegada e permanência em Analeoa. Restava agora registrar o acidente, retirar e despachar o carro de volta para Alma, numa carreta. Recuperar a sua bagagem e seus petrechos de fotografia, ir até Analeoa e tratar de voltar por via aérea para casa.

"*...uma pena. Um azar...*", pensava Celan.

"*Teve sorte, poderia estar morto...*", continuava o patrulheiro rodoviário, lembrando, não sem algum prazer mórbido, vários acidentes ocorridos nos últimos tempos. Três Cascatas era o sepulcro.

No vôo de retorno a Alma, Celan pensava sem parar na versão de sua sorte na interpretação do policial rodoviário. Não morrera na curva das estatísticas de Três Cascatas, por alguns motivos bem identificados:

1. trafegava em velocidade moderada;
2. estava usando o cinto de segurança;
3. seu carro não batera em nenhum outro veículo;

4. não se chocara com árvores ou obstáculos fixos;
5. não se desgovernara no acostamento irregular;
6. não capotara nem tombara.

Celan ficara refletindo sobre a atitude do policial, sobre a ambulância com as maletas refrigeradas e a resignação do funcionário acerca da inevitabilidade das mortes naquela curva.

Tinha avisado os amigos sobre o desfecho inesperado de sua viagem e Antônio se prontificara a esperá-lo na aeroporto de Alma, especialmente para ajudar no transporte dos equipamentos fotográficos.

"*Oi, Antônio, a viagem foi bastante produtiva quanto às imagens, mas no final o acidente quase estragou tudo... mas estou vivo e muito bem, satisfeito com as novas fotos que consegui.*"

"*Oi, Celan, felicito-o por estar vivo, são e salvo... mas você tem certeza que foi um acidente, mesmo?*"

"*Eehh, Antônio... já vai começar com a sua paranóia maluca? Claro que foi um acidente, ninguém sabia onde eu estava!*"

"*Eu sabia, Celan... na estrada de Três Cascatas, naquele final de tarde. Com sua pontualidade carassotaque.*"

10. "OS DENTES ESTAVAM BEM VISÍVEIS"

Os amigos conversaram sobre os episódios da viagem, examinando as imagens realizadas por Celan.
"...*você conseguiu fotografias de muito impacto!*"
"...*esses cenários que vão mudando acentuam a solidão das personagens... o páthos similar.*"
"...*nada é igual e tudo fica quase igual, nessa densidade humana, é como se fosse um choro em silêncio, sem lágrimas, um gemido inaudível, um lamento que não se ouve mas que se sabe que está ali...*"
"*Esse tema dos sem-cabeça, acho que vai mexer muito com os fenecianos. Eu fico impressionado com essas imagens.*"
Foram alguns dos comentários de Antônio para Celan.

O fotógrafo voltara discretamente a Alma e lá permaneceria pelas próximas semanas, o mais recolhido possível, distanciado das notícias da imprensa e das entrevistas. *Escondido*. A notoriedade acidental causara-lhe alguns prejuízos e riscos que ele avaliara como significativos e excessivos. Antônio, que sempre ficava mais alarmado, o escritor que parecia ter o medo esculpido em seu DNA e que, talvez o utilizasse como uma armadura da prudência, na razão direta de sua capacidade de sobrevivência, estava trabalhando no texto sobre a polêmica obra fotográfica do amigo. Ele queria que o texto fosse publicado apenas no exterior, e pronto. Bem longe de Austral-Fênix e noutra língua, mediante uma tradução bem engendrada e revisada à exaustão. Celan concordara com as condições impostas pelo amigo jornalista.

Pensavam numa possibilidade de publicar um livro de arte com as fotografias, um ensaio fotojornalístico, podia se dizer assim da pretensão dos dois, eventualmente acompanhado de divulgação em revistas especializadas de fotografias, se contassem com alguma sorte quando de seu lançamento.

A idéia era a de um livro bem editado, em grande formato e em capa rígida, algo ambicioso mesmo, pois assim acreditavam que poderiam manter unidade na proposta estética e profundidade maior no desenvolvimento daquele projeto.

Antônio trabalhava com dedicação naquele texto, exigente e problemático, que ia sendo escrito sob uma atmosfera constante de medo. Isso era inevitável para ele, pois brotava espontaneamente como o vapor quente de uma chaleira *inox*, dessas de grande bojo e ponteira com apito. Criava-se, subjetivamente, um ambiente abafado e úmido, até certo ponto desagradável, de urgência e alarme, sentia-se tomado por uma espécie de febre, e isso ele não conseguia evitar, era da sua natureza feneciana.

"...*estou escrevendo, Celan, está quase pronto, dia*

desses mostro para você...", prometia o escritor.

Antônio escrevia cruamente sobre as imagens sem as cabeças, retratadas como todos se viam há tempos. Incluía-se naquele universo tão particularizado. Ele era um deles, sentia-se testemunha e protagonista, não mentiam as suas próprias fotografias, várias, retratos captados pelo amigo fotógrafo.

Antônio escrevia sobre o medo, o foco de seu texto era o medo em tudo, na alma e no coração de todos daquele lugar, distante, secundário, fora das rotas. O medo espalhado indistintamente por todos os lugares na esquecida ilha-continente, ele achava que essa fora a causa de todos perderem as suas faces.

MEDO

Medo crucial, encharcado, de nascença, o medo total. Medo das instituições, medo das autoridades, medo da polícia, medo dos bandidos, de bala perdida, de injustiças, medo da burocracia, medo da falta de saúde, medo nas delegacias, nos hospitais, no trânsito, nas estradas, medo da água, dos alimentos, dos vírus, da poluição, dos impostos, da falta de educação, da violência, dos assaltos, do uso de drogas, dos traficantes, do desregramento generalizado, do autoritarismo, das grosserias, medo dos advogados, medo dos médicos, dos *motoboys*, medo dos palácios do poder, das favelas, dos remédios, das mentiras, das verdades, das brigas, das cobranças, das dívidas, dos justiceiros, dos corruptos, dos mafiosos, dos vizinhos, das armas, das palavras, medo do escuro, medo do que está claro.

O medo que tinha se espalhado e ficado oculto nos rostos desaparecidos.

As pessoas tinham que continuar a viver, construir seus projetos, relacionar-se, conviver, fazer alianças, associações, precisavam ocultar esse medo intenso subjetivo, essa desconfiança que se espalhara como um gás invisível, inodoro, letal. Deixaram aos poucos de se ver umas às outras, contrato genético sem palavras, sem olhos percrustrando faces e sinais, a linguagem secreta dos silêncios, dos movimentos involuntários, dos esgares, dos tiques, dos piscares e tremores.

O texto de Antônio resvalara e se afastara dos aspectos técnicos primordiais, das dificuldades e do talento da engenhosidade desenvolvida para a difícil captura das imagens, da invenção do instrumento que possibilitara aquela conquista tecnológica incrível e mergulhara de chapa nos aspectos psicológicos e sociológicos daquela estranheza feneciana. O escritor tivera receio da abordagem principal, andara bordejando timidamente o assunto, mas percebeu que não teria escolha, ou assumia de vez a questão ou saía fora daquela incumbência. Assim, mesmo com temor, avançou sobre o medo pulsante que via e sentia nas imagens que o sensibilizavam.

Sabia que aquela coleção seria vista de dois pontos diferenciados, de ângulos diversos e distantes entre si:

um ensaio fotográfico original e estranhíssimo para todo o mundo, e uma confissão, com uma contundência brutal e dolorosa, no seio de sua própria terra natal.

Sabe-se lá como sairiam de tudo aquilo e o que poderia acontecer. Pensava, inclusive, que o ensaio fotográfico poderia passar batido, anônimo, sem repercussão nenhuma. Despercebido e invisível. Era o que acontecia na maior parte dos casos.

As imagens estavam todas colocadas, digitalizadas, no computador de Antônio, além das ampliações em papel que Celan havia passado a ele em grandes envelopes brancos, identificados em seu conteúdo por datas, locais e por retratados. Havia um envelope contendo uma dúzia de retratos do próprio Antônio, captados em datas diferentes, quase todos no jardim externo do estúdio do fotógrafo.

Neles nunca aparecera o sorriso do escritor, por vezes largo, noutras irônico, ainda alguma vez sério e fechado, como se deixara fotografar. Não se podia saber, ali não se viam as cabeças, mas ele sabia que eram os seus retratos. Reconhecia-se naquela ausência, absurda.

Antônio comunicava-se todos os dias com Celan, através de internet, evitando ao máximo os contatos telefônicos, quando muito umas poucas confirmações monossilábicas e cifradas, apenas por celular, desde o acontecimento do desastre na estrada para Analeoa.

Ele ficara mais desconfiado e ansioso do que o próprio Celan, e a sua paranóia só aumentara desde então.

Isso dificultava inclusive a finalização de seu texto, que ele evitava mostrar a quem quer que fosse, inclusive ao próprio amigo fotógrafo.

"*Resta-nos a esperança, depositada em cada um desses rostos que não vemos; é a nossa própria face que se ocultou, talvez pela necessidade de sobrevivência, por uma escolha da evolução numa estranha forma de inteligência para preservação de nossa espécie ameaçada; que num futuro breve uma nova geração, descortinada em auto-estima e coragem, estabeleça uma relação límpida e ética com a vida, e se refaça através de outros rostos ao redor, numa construção de solidariedade, confiança e destemor. Quem pode saber?*"

Antônio assinou e considerou que o texto estava pronto. Ligou para Celan e foi econômico na mensagem:

"*...alô... Celan, ficou pronto. Vou mostrar.*"

Antônio dirigiu-se diretamente ao estúdio do amigo, na tepidez agradável da noite de lua cheia. Estacionou seu carro praticamente em frente ao endereço, no outro lado da rua, desceu, atravessou a via deserta, com o envelope na mão, e acionou a campainha. O amigo já o esperava e ele entrou, cerrando a porta metálica.

Cumprimentaram-se e Antônio passou-lhe o texto.

Celan, que estava curioso, ofereceu um pouco do vinho que estava bebendo, mas Antônio não aceitou. Tomou apenas a água gelada com algumas gotas de limão, que encontrou na geladeira do estúdio, explicando que estava dirigindo e que não permaneceria por muito tempo. Observou o amigo, que lia o texto tão aguardado, em absoluta concentração, quase como se estivesse iluminando cada palavra do papel.

Celan leu todo o longo texto, olhou para o escritor e fez um gesto de aprovação, discreto, sem palavras. Antônio sabia que os comentários viriam aos poucos, no decorrer dos dias, após outras leituras, concentradas, e que o fotógrafo respeitaria a criação alheia da mesma forma que não concedia intromissões sobre o que ele próprio arriscava.

Quase meia hora passada, despediu-se e saiu apressado para a noite de lua cheia. A iluminação pública somava-se à luz mortiça do luar que avolumava em aura resplandecente os carros, as lixeiras, os fios e os postes da rua. Antônio cruzou o asfalto e preparou-se para abrir o seu veículo, enquanto acenava ao amigo, parado na porta do estúdio.

Nesse instante, ele ouviu. E na seqüência, percebeu a percussão do tropel pesado e veloz. Terror. Alarme de adrenalina, chave girando na porta, abertura com um puxão, estalido de metal, cheiro de gasolina, um hálito da selva.

"*Pega, pega... mata!*"

Ele olhou para a sua direita e viu ao mesmo tempo que Celan, desde a porta do estúdio, as duas sombras negras e volumosas que se projetavam em alta velocidade contra ele.

Os dois *pitt bulls* arrojaram-se num salto voador como dois torpedos aéreos, um quase ao lado do outro, marrons, as bocas dilacerantes abertas, espargindo as babas, as presas brancas faiscando no menear brutal das mandíbulas em direção ao rosto e pescoço de Antônio, que ainda conseguira, com muita sorte e agilidade, evitar o choque das bestas, e jogar-se para dentro do carro, puxando com violência a porta e conseguindo encerrar-se no habitáculo do veículo. Aterrorizado, travou as portas e ficou caído sobre os bancos, enquanto ouvia um estrondo na porta, os rosnados selvagens e o barulho das garras dos cães, riscando e agredindo a lataria.

Celan gritara...*"Cuidado, Antônio, cachorro...!"* quando percebeu o perigo catapultado em energia, indo atropelar o amigo que tentava entrar no carro.

Viu horrorizado quando os dois cães adestrados saltaram, tentando brutalmente alcançar a cabeça de sua presa, erraram por nada o alvo, caíram rolando com fragor pelo asfalto, puseram-se em quatro patas instantaneamente e retornaram para atacar, com um baque, a porta fechada do carro. Celan bateu com mão espalmada sobre a porta metálica, produzindo grande rumor, para chamar a atenção da vizinhança, enquanto gritava por socorro denunciando o assalto. Observou que o vulto escondido que soltara os cães aproximava-se agora, vestido de preto, rosto descoberto, duas correias na mão, procurando sossegar um pouco as feras nervosas com um comando impositivo, prendendo-lhes com dificuldade as coleiras. Os *pitt bulls*, excitados e meio enloquecidos, rosnavam ariscos, tentando avançar sobre o carro.

O vulto sombrio, sem a cabeça, inclinou-se e olhou para dentro do carro, para o corpo estirado sobre os bancos dianteiros, o outro também sem a própria cabeça, enquanto a silhueta negra continha, com dificuldade, os animais pelas correias, tentando subjugá-los. Duas fúrias.

"*Desculpe...senhor...,*" disse e afastou-se rapidamente com sua carga, de volta para a escuridão em que se escondera no início daquele ataque de surpresa.

Antes de desaparecer, voltou sua cabeça, e com o rosto revelado sob a luminária pública, encarou nos olhos por alguns segundos o carassotaque que o olhava diretamente, ainda batendo com a mão espalmada sobre a chapa de ferro da porta. Não falou nada, não fez gesto nenhum, não sorriu, apenas enfrentou o olhar cravado do fotógrafo. Sem expressão, gelado. Apagou-se escuro na sombra com as outras duas sombras, sob o luar de fantasmagorias.

Em seguida, passados alguns minutos, a rua noturna e vazia foi ganhando aos poucos um alarido nervoso e algumas personagens novas, os vizinhos e curiosos que surgiram atraídos pelas batidas e pelos gritos de Celan.

Com toda essa gente por ali, o perigo esfumara-se.

Era sempre assim. Nas horas trágicas, as vítimas quase sempre padeciam solitárias, sem ajuda nem testemunhas. Logo depois enchia-se o cenário de curiosos e palpiteiros, todos a perguntar, explicar e pontificar de maneira loquaz acerca do acontecido, que ninguém tinha visto. Essa era uma outra tradição bastante cultivada pelos austral-fenecianos.

"*Um atentado, sim, isso, atentado mesmo... atacaram Antônio com dois* pitt bulls *ferozes... isso, com cachorros bem ferozes... atiçaram os cães sobre ele na saída do estúdio... claro que eu tenho certeza, eu vi tudo... da porta do estúdio,... não, não... Antônio está bem, não ficou ferido... está apavorado, sim... aqui no estúdio,... venham para cá para ajudá-lo a voltar para casa... eu vi a cara do sujeito..., não estava disfarçado, fiz um desenho, até... mostro para vocês."* Celan falava claramente aos amigos por telefone para que todos o ouvissem, tinha certeza de que estava sendo monitorado por escuta telefônica, desejava deixar bem evidente que muita gente ficaria sabendo o que estava ocorrendo. Considerava que ampliar a divulagação do fato era a única forma de proteção que lhes restara.

Antônio permanecia no estúdio, recuperando-se do susto, e os amigos estavam vindo ao seu encontro.

"Um atentado ou um incidente de rua?"

"Escuta, Antônio, em Analeoa você ficou com a certeza que não foi acidente, eu fiquei na dúvida. Agora que parece tão óbvio o atentado, você não tem a mesma convicção, por quê?"

"O motivo, Celan...", retruca Antônio. *"Lá na estrada estavam perseguindo você por causa do biocombustível, das imagens do desmatamento, das plantações, do deserto, a polêmica das fotos publicadas no exterior, sentiram-se ameaçados de alguma forma, você atrapalhou interesses... Não me perseguem por nenhum motivo, fora o de ser seu amigo, ninguém sabe de seu novo ensaio fotográfico, nem sabem que escrevi um texto sobre isso"*, continuava o escritor

o seu raciocínio.

"*Antônio, pensa um pouco. É a forma de me atingir, indiretamente, num ataque físico contra um amigo. Isso resulta no quê? No afastamento de todos os amigos... uma fragilidade que significa a solidão, significa a perda de credibilidade, significa o medo, como você escreveu no seu texto, eis aí o motivo que você diz não existir...*"

"*Não sei, Celan, parece meio evidente demais... mas parece algo gratuito, também...*"

"*É, se os cães tivessem alcançado você, teriam estraçalhado seu rosto e acabado com sua vida. Um incidente de rua, apenas...? Pense nisso, não é tão simples... eu não acredito nisso.*"

Antônio ficou em silêncio uns minutos, olhando o desenho feito com a caneta esferográfica por Celan, o desgraçado desenhava bem demais e tinha reproduzido o rosto que ele não conseguira ver. Um retrato realista, que permitiria identificar com facilidade o condutor dos cães agressivos.

"*...deu pra ver de relance a boca do animal, vi os dentes bem de perto, senti o hálito fedorento e podre daquele bicho... os dentes estavam bem visíveis!*"

"*É, Antônio, foi um pesadelo real, mas você escapou... foi no tempo certo...*"

Os amigos estavam chegando e juntando-se a eles no estúdio. Antônio estava excitado contando o que acontecera, sem exaltação, coisa de jornalista. Celan achava que era melhor assim, ele desafogava-se daquele drama e simplificava o acontecimento. Afinal, estava tudo bem agora, nenhum ferimento, nenhum problema, por enquanto eles tinham escapado ilesos.

Logo os amigos o levaram para casa, formando um comboio de proteção. Celan ficou sozinho no estúdio.

Pensava naquelas palavras de Antônio sobre os dentes dos cães que o atacaram e lembrou-se que era a mesma frase recorrente de seu dentista, que gostava de atendê-lo, especialmente pela sua condição de carassotaque, a visibilidade de seu rosto e de sua boca, detalhes que facilitavam o seu trabalho.

"*É bom,... porque os seus dentes estão sempre bem visíveis!*"

Quase duas horas mais tarde, Celan continuava pensando no incidente, sem conseguir dormir, quando escutou tocar o seu telefone. Atendeu. Desligaram sem dizer nada. Alguns minutos depois alguém bateu três vezes com força na porta de ferro do estúdio. Celan permaneceu imóvel, deitado no escuro. Silêncio em seguida. Ele não tinha dúvidas sobre o que acontecera naquela noite.

O medo era resultado de técnicas sofisticadas, laboriosamente desenvolvidas, que alcançaram resultados surpreendentes no país.

11. AMOR DE RENASCENÇA

Celan buscava pouco a pouco restaurar o sentido de sua existência. A sua presença naquele continente tão distante dos outros, da Europa, das Américas, do Oriente, da África, nos quais parecia que tudo acontecia com maior densidade, numa outra dinâmica, na qual se construía a ação e a História concreta. Bastava olhar nos jornais e TVs do mundo. Não se via notícia alguma de Austral-Fênix.

No entanto, aquele mundo aparentemente tão apartado estava ficando cada vez mais integrado econômica e ambientalmente ao resto do planeta.

Tudo estava ficando cada vez mais dependente e com Austral-Fênix não acontecia diferente. O fotógrafo, e alguns outros fenecianos, percebiam que estavam no mesmo planeta e isso já passava a fazer parte de um intrincado sistema ético, mais exigente, mais participativo. Não era possível permanecer em estado de omissão, na pureza da ignorância, na frivolidade e na cultura simplória. Os *anos inox* tinham terminado já fazia algum tempo.

Ele achava que era preciso ter mais consciência e mais presença, mais exposição da própria face.

Onde estaria a face?

Cada um precisava participar um pouco mais. Tudo se redesenhava rapidamente no planeta e fora dentro dessa perspectiva que ele fotografara as estradas, as megaplantações, o desmatamento da floresta, o deserto formado. Fizera uma pergunta e as respostas foram um sobressalto no exterior e uma acusação de traidor no local em que vivia. Conforto e desconforto. Urgência e ameaça. Um atentado? Dois atentados? Inesperados e em ambigüidade de quase não os ser? Incidentais ou não?

Agora concluíra seu novo trabalho, o ensaio dos retratos do povo sem face. Qual seria a repercussão? O que deveria esperar?

O fotógrafo estava paralelamente envolvido noutra missão, a do resgate de antigo afeto, o de um amor que dera certo por longo tempo, tendo como motor a paixão e a soma significativa de valores em comum. É o caso dos parecidos que se atraem, enquanto interesses divergentes condenam a uma ruptura inevitável, a agonia de Prometeu. Ele gostaria de retomar a ligação afetiva anterior, sólida, pois concluíra após refletir durante um largo período de tempo "...*não! que as pessoas seriam todas iguais e a eterna busca seria equivalente à perda do tempo e da vida, tarefa equivocada e estéril. Não! Não existe o novo que seja tão diferente que justifique a curiosidade!*"

A escolha, e o acordo entre ambos, naturalmente, deveria ser sobre quem ele reconhecia e que o reconhecia, de geração semelhante à sua, não uma aposta na escuridão e ao azar, a fé na miragem da esperança, o bilhete errático da loteria do ocaso.

Estava convencido de que as pessoas eram bem

diferentes e singulares, comparadas entre si, as gerações diferentes o eram ainda mais, com valores próprios modificados e substitutivos. A órbita do tempo gira. Gerações falam e entendem-se entre si com sabedorias pontuais e silêncios ainda mais significativos. Celan buscava o resgate de seus valores escolhidos e reconhecidos, o que tinha sido bom para ele, arduamente construído por reflexões e ações ao longo do tempo. Tudo estruturado numa concordância mútua. Sem isso, restava pouco, ou seja, restava o que existia desde sempre, a solidão.

Era a sua percepção acerca do afeto e do amor. Valores profundos de cada uma das respectivas gerações e determinadas sabedorias que eram conceitos de seus respectivos tempos. Era essa a sua opção, não uma receita abrangente e que ele recomendasse a todos, NADA, era apenas o seu jeito de pensar, talvez o que servisse para ele não interessasse a ninguém mais. Buscava a restauração desses seus valores: o da ausência de preconceitos pela sabedoria desenvolvida no conhecimento, o da alegria de viver e o da leveza.

Era difícil encontrar quem topasse jogar esse jogo de regras transparentes, sem reservas, sem ressalvas obscuras.

Uma maneira de apreciar a vida e um singular conceito de beleza, que talvez fosse um pouco diverso do que se fazia moda dominante no momento. Para a arte, para o gosto de ver o mundo, para a música e para um jeito curioso de reconhecer a qualidade do novo. Ele tinha a consciência que a fotografia era coisa do século 19, o *rock*, o *jazz*, o computador e a *internet* eram do século passado. Para Celan o maior luxo de um restaurante era o silêncio, o conforto sublime da ausência de alarido, além da qualidade suprema de cada um dos ingredientes selecionados para elaboração talentosa do *chef*.

A perfeição da simplicidade, sem as justificativas.

Tinha a convicção da inexistência de pecado original. Ele acreditava era na concretude da solidão original, desde o instante do nascimento dos seres, mesmo quando nasciam mais de um no mesmo parto. A solidão é individual e traz a sentença traçada e não escrita, cruamente tatuada no DNA de cada um: a condenação à morte futura em solidão, desde o primeiro segundo de luz. As mulheres, que são sideralmente mais sábias que os homens acerca da natureza da vida e têm os filhos, compreendem instintivamente essa questão crucial e assim conjuram um pouco melhor o enigma da solidão irremediável.

"*Alô, ... podemos marcar um encontro para conversar pessoalmente?*" Celan ligava e perguntava com persistência, procurando reconectar o fios desencapados.

Ele pensava nos nomes que, lastreados no fazer, tinham conquistado algum lampejo de imortalidade na lembrança de muitos.

Homero, Leonardo da Vinci, Michelangelo, Newton, Shakespeare, Darwin, Goya, Jane Austen, Manet, Oscar Wilde, Marie Curie, Einstein, Pablo Picasso, André Malraux, Frida Kahlo, Lawrence Durrell,

Charles Chaplin, Maria Callas, Astor Piazzolla, Rosalind Franklin, Dina Vierny, García Márquez, Oscar Niemeyer, Steve Jobs, outros. Outros. Por algum motivo explicável não havia nenhum nome austral-feneciano na extensa lista das personalidades imortalizadas pela generosidade da memória comum dos vivos.

"*É muito bom estar vivo, uma felicidade estrepitosamente rara. Fora da vida resta apenas o nada, o vácuo, a solidão do silêncio e do escuro.*" Celan confortava-se com o seu tempo.

"*Alô, ... podemos marcar um encontro para conversar pessoalmente?*"

O fotógrafo pesquisava em terreno conhecido, não em busca de um imaginário veio de ouro, hipotético e inexistente, buscava reencontrar nas profundezas da pedra a sua fonte de água, vigorosa, incontrolável, borbulhante, gasosa, potente no jorro e nos gritos, pelo conhecimento dos fatos significativos antes ocorridos, o reconhecimento dos corpos, a redescoberta das descobertas, a vida.

Ele achava inacreditável como milhares de pessoas se deixavam enganar mansamente todos os dias, apostando no incerto e improvável, nessa loteria de percentual contrário, no oceano dos números adversários e ali jogavam o seu dinheiro sofrido, de trabalho, no ralo, simplesmente. A esperança e a fé no intangível, no que é absolutamente impossível materializar-se. A busca do milagre e da sorte. Era assim com as religiões e com os nacionalismos, nada que as comprove, nada que os justifique, sempre uma tragédia, um desastre, uma arrogância seletiva e excludente, a história camuflada de confrontos sangrentos, no passado e no futuro.

O sofrimento inevitável.

A rotina das paixões inventadas, imaginárias, delirantes, esperançosas, a fé destituída da consciência e da razão, produzindo vítimas em massa, doenças incuráveis, lágrimas, traições, sangue, retaliações, ciúmes, vinganças, ressentimentos e mortes.

Celan selava sua persistência na procura.

"*Alô, Ana Carolina, podemos marcar um encontro para conversar pessoalmente?*"

12. ASSIM NOS VEMOS

RETRATOS DO POVO DE UM LUGAR

Livro de arte, com fotografias em P&B.
Formato: 22 cm x 28 cm
Capa dura, com papel couchê fosco 170 g/m², empastado em cartão, com laminação *matte* de alta qualidade.
Capa e sobrecapa debruada. Edição *vintage*, numerada.
Papel de miolo: 170 g/m² couchê fosco, com impressão das imagens fotográficas P&B, realizada em 7 cores, ou seja as 4 cores convencionais de impressão, ciano, magenta, amarelo e preto, 1 cor preto especial calçado com ciano 40%, 1 cor gris especial *pantone* e verniz.
144 páginas, com guardas em papel preto texturizado *matte* especial, com impressão a traço, em verniz UV brilho transparente.
Edição bilingue, português e inglês.
Fotografias de Celan Gacilly.
Texto de Rufino Andorinha.

ASSIM NOS VEMOS.

Olho para o retrato que o fotógrafo Celan Gacilly me estende e nele não vejo o rosto do retratado. Sinto um choque. É meu próprio retrato, o que nunca vi. Nele não me enxergo pela primeira vez, assim como não vejo, em todos os momentos desde um tempo que já esqueci, as faces de meus conterrâneos, de meus familiares, de meus vizinhos, de meus colegas de trabalho. Acostumei-me que fosse assim, como todos nós nos acostumamos.

Vejo preguiçosamente o meu rosto no espelho, cotidianamente, nas fotografias dos documentos, a harmonia sensorial e táctil preservada, sinto a presença de meu crânio, de minha boca, de meu nariz, de meus olhos, dos pêlos de meu rosto, não me importo mais se não vejo os dos outros, vejo-os todos, rostos e cabeças nas fotografias, nos espelhos, nos reflexos e somente isso me bastou durante todo o tempo, sem qualquer questionamento.

Nunca me vira antes assim, sequer me imaginara dessa maneira: sem a face, isento de minha própria cabeça. Está ali, bem à minha frente, na fotografia P&B ampliada, o retrato como nunca me vi. Percebo então, com o inesperado impacto que me nocauteia, que estou confrontado a uma realidade muito estranha e bastante acomodada, como todos os outros desse lugar, e vejo-me numa revelação particular, como o serão e significarão os retratos de cada um para cada um de nós, numa forma tão desarmada, que soa como um segredo dissimulado e oculto, que repentinamente se apresen-

tasse como uma espécie de confissão documentada e impressa em papel fotográfico.

Algo que rasga o tempo, posiciona a todos nós no antes e no depois da revelação crua dos nossos retratos.

Cada um de nós, no formato que aprendemos a aceitar nos outros, em nós mesmos por certo, como uma teoria sem comprovação, apenas uma sensação condescendente e solidária, mas admitamos agora que, orgulhosamente, jamais nos víramos antes assim, num jeito que somente atribuíamos aos outros. Jamais, antes.

Aos outros! Saúde e longa vida a todos!

Precisamos refletir sobre essa saudação, sobre nossa saúde e sobre a longa vida que nos desejamos. Sobre o nosso presente e o sobre o nosso futuro.

Sobre o papel que estamos representando neste local e nesta comunidade, frente a frente, uns aos outros.

Agora percebo, somos assim neste lugar, porque precisamos e aceitamos tal condição por algum motivo perdido num passado sem memória e, talvez, nos foi conveniente que permanecêssemos assim no presente.

A precisão foi o motivo. A permanência nesse estado será um conforto, um costume, uma tradição?

O fotógrafo internacional Celan Gacilly pediu-me, não sem algum entusiasmo, que escrevesse sobre essa sua conquista de alta técnica fotográfica, perseguida com tenacidade durante muitos anos e por fim alcançada, com a invenção de um instrumento original, de altíssima precisão óptica.

O Especular Gacilly foi essa invenção que permitiu

alcançar essas fotografias raras e até agora inéditas.

Ao observar os retratos, no entanto, tive a consciência de que não era importante escrever sobre a tecnologia com a qual aqueles retratos finalmente tinham sido obtidos. Ou sequer sobre a qualidade estética, valiosa, alcançada nas imagens, que podemos ver publicadas no livro.

Sim, as imagens são boas e, certamente, originais.

Não será isso o que importa.

Não, ali estava um assunto e um drama mais impressionantes, que tinham que ser abordados diretamente, e sobre eles será necessário refletir e escrever com conseqüência e, é necessário acrescentar, com alguma coragem.

Apesar de estar escancarado à frente de todos em tempo integral, é o assunto secreto, sobre o qual ninguém fala ou escreve.

Nesse lugar, há muito tempo as pessoas deixaram de ser vistas com suas faces e suas cabeças, discreta e silenciosamente, no conjunto massivo de uma coletividade que habitava um território bastante grande, isolado, uma ilha, e nunca se falou abertamente, muito menos se escreveu sobre esse assunto. Todos sabem e ninguém fala. É o segredo coletivo de toda a população de um país.

Coincidentemente, o sumiço das cabeças terá ocorrido no auge do terror inoculado e estimulado pela ditadura militar nos meados do século XX. A ditadura implantou-se depois de um violento golpe desferido contra uma democracia frágil e contou com um silêncio aturdido de uma população amedrontada e sem alternativas.

Nos anos aço inox, sob a carapaça blindada que isolou por completo o país, tornando-o mais distante do que até então sempre estivera, condenando-o a ser invisível e insignificante no concerto das nações, sob o silêncio de amarga censura, transbordou essa resignação cordata que se domesticava na censura prévia. Sob o terror da tortura e dos sistemas de denúncias disseminados como vírus entre a população, repentinamente todos deixaram de se olhar nos olhos, as cabeças abaixaram, foram esvanecendo-se e sumiram num conforto que aliviava o estado de tensão coletiva que o medo nos impunha a todos.

Surgira o medo como alicate de conduta e dissuasão, apertando à larga, pois tratava-se de conter os excessos e disciplinar os dissidentes. Mas não existiam mais os dissidentes. Estava então apenas o medo que se agigantava entre os habitantes do lugar.

A ditadura instalou-se, utilizou-se eficazmente dos instrumentos de opressão, fechou as válvulas de escape e construiu laboriosamente uma plutocracia fechada, uma nova corte sem monarquia, uma elite econômica poderosa, dominando um cenário cristalizado, sem perspectivas de alteração e de migrações sociais. A hipótese senhorial e imperativa de "conservar, melhorando".

As escolas de qualidade, privadas e públicas, tornaram-se feudo inexpugnável da elite endinheirada. A casta do poder se construía e sustentava-se quase exclusivamente nas bolsas de valores, nos sistemas financeiros com regras complicadas e na especulação pura e sem limites dos mercados. A cultura era menosprezada, ridicularizada e alterada em suas noções de valor e de abrangência. A educação foi sendo negligenciada pelos governantes da ditadura. Estava em formação o retrato do povo de um lugar.

Nesse sucesso, já perderamos nossos rostos e cabeças. O país invisível, descarrilhado da História, podia permitir-se os luxos das experiências sem testemunhas, sem críticas. Todos sabemos o que aconteceu depois do fracasso do grande canavial. *O megalômano projeto de produção e exportação planetária de álcool, que destruíra por completo a metade da grande floresta, levara secretamente à extinção total de espécies nativas da flora e da fauna, criara a novidade de um tórrido deserto no centro do país, secando os rios perenes, multiplicando a miséria, terminando por forçar o melancólico fim da ditadura.*

Nesse instante o medo também se instalara entre os integrantes da elite, os que eram poucos e tinham tudo, além do poder político. O medo espalhado somava-se ao medo condicionado, o medo algébrico, ao quadrado. Tornara-se bastante conveniente não ter as faces nem as cabeças. A proteção democrática do anonimato, excluindo-se, naturalmente, o estado de vaidade das imagens bastante retocadas, impressas nas revistas frívolas das celebridades.

Quando a ditadura expirou, num suspiro imperceptível, caindo suavemente como uma flor de paina que desce, na ausência de ventos, em seu vôo quase sem gravidade, talvez um ingênuo tenha pensado: agora os rostos vão voltar. Mas nada aconteceu, porque, na realidade, nada mudara naquele lugar. Tudo se manteve intacto, o poder nas mesmas mãos, os mesmos sobrenomes, os mesmos métodos sem transparência, a idêntica geratriz econômica, a mesma rede de influências, o mesmo tráfico.

A mudança sem mudança, tão discreta que ninguém percebeu nenhuma modificação. Inclusive, o medo permanecera, os costumes oblíquos permaneceram, a injustiça permaneceu, a elite dominante permaneceu estabelecendo as regras pétreas da imobilidade social. O medo histórico e sufocante permaneceu.

A gosma permaneceu.

Com ela, mantiveram-se os hábitos refratários, o hedonismo dos privilegiados, os carros blindados, as escoltas armadas, os sistemas de segurança, as grades, os pitt bulls, *a truculência como conduta dissuasória, as propinas, a corrupção, as negociatas, as comissões percentuais que complementam a renda em forma de receita secreta, sem recibo, sem procedência. Costumes aprendidos e mantidos. Não havia mais a ditadura na qual se identificava um farol, um alvo, o grande poder submergiu então nas sombras, cada vez mais sem identificações. Apenas todos nos tornamos menos cultos, tínhamos cada vez menos educação. Permanecemos, constantes, sem as faces, sem as cabeças.*

Assim fomos levando nossas vidas de omissão, silenciosos, olhando com graça para nossos próprios espelhos, complacentes. Cegos por opção, sem argumentos, sem os olhos para testemunhar o que ocorre ao nosso redor, em nosso próprio país, sob a regência impositiva das estruturas dominantes e demagógicas.

Sob nossos olhos estão os nossos retratos. São 100 retratos tomados nas grandes cidades, em pequenas vilas, nas estradas, em subúrbios, no campo, nas praias. Existem retratos individuais, retratos duplos, de amigos, de casais, há cenas coletivas, cenas de ruas, em esquinas movimentadas, cenas de multidão. Nenhuma cabeça. Em meio a todos eles está o meu próprio retrato, o que tanto me angustiou e desconfortou, sem a cabeça.

É com ele à minha frente, fixado à parede como um espelho rebelde, sarcástico e desafiador, sentindo uma permanente tristeza, que escrevo este texto. Penso sobre os acontecidos neste lugar nas últimas cinco décadas e em como afetaram a todos que habitam a nossa ilha-continente. De todas as idades e gerações. Uma população inteira sem suas cabeças. Penso particularmente em nossas crianças também retratadas sem as cabeças por Celan Gacilly, presentes em várias fotografias no livro.

Mas não posso deixar de escrever que existe no acervo de imaginária do livro de Gacilly uma fotografia muito especial, comovente. É a imagem de uma jovem mãe com o seu bebê. A mãe sem o seu rosto aparente, protegendo o seu menino, este com a presença de sua pequena face sorridente e luminosa, olhando diretamente para a câmera fotográfica. É um símbolo, é a única face que aparece no conjunto de uma centena de fotografias. Sabemos aqui que os bêbes apresentam, todos, sem exceções, as suas cabecinhas desde o nasci-

mento até os três ou quatro anos, quando essas também começam a desaparecer como pipocas, sem estalos, sem data marcada. Somem não porque as crianças perdem a sua inocência naquele momento preciso, e sim porque aprendem e se esforçam por imitar os adultos, imitar as outras crianças maiores, essas já sem as suas respectivas faces.

Uma cultura de exemplos, uns valendo de modelos para os outros, dessa forma simples, sem ênfases, sem expressionismos, apenas construímos as nossas identidades coletivamente e somos os únicos responsáveis pelo que vemos ao nosso redor, nos costumes, nos preconceitos, na música, na violência, na poesia, nos textos, nos hábitos, nas previsões, nos desvios, nas certezas, nos temores.

Devemos refletir mais sobre este fenômeno dos nossos próprios bebês, a quem transmitimos algo, em algum instante. Não têm eles a razão, nem a culpa, não têm a consciência, nem o medo, apenas o instinto de sobrevivência, a noção do conforto e do desconforto, o recurso do alarme de seus gritos se algo lhes falta ou lhes assusta. O que lhes faltará, dali para a frente, além da face e da cabeça?

Recomendo observar detidamente essa seqüência de imagens em p&b, uma a uma, e depois olhar em volta com idêntica atenção. Os retratos em ausência estarão ali, por todo o lado, ao vivo, em nossa companhia, e deles seremos também a companhia de mesmo mérito.

Somos os atores da mesma encenação, habitamos o mesmo grande palco, aprendemos todos uma idêntica fala, sem necessidade de improvisar, seguimos a letra. Essa é a *nossa realidade, esse é o retrato do povo desse lugar, o que nos acostumamos a não ver e simplesmente considerar que seja normal assim.*

Será essa a nossa realidade projetada para sempre? Será que algo não poderá modificar-se no futuro, ou até mesmo em breve, com as novas gerações, numa reconstrução de novos hábitos, com relações humanas sem utopias, sem frustrações, sem medos?

O que justifica a modificação restauradora imediata com nossa gente no momento em que viajamos para o exterior, quando nos colocamos numa outra realidade, ligeira ou radicalmente alterada, com outras regras de convivência, com um outro conjunto de hábitos, em convívio com outras pessoas tão semelhantes a nós, tão semelhantes que mantém suas faces e cabeças todo o tempo, como nós mesmos em contato com todos eles?

Será que não levamos o nosso medo insular conosco nessas viagens? Onde depositamos coletivamente esse medo?

Quando saímos do continente, relaxamos uma defesa e adotamos um comportamento estranho, um outro equilíbrio, uma harmonia diferente, uma nova ordem?

O que acontece com esse medo ancestral, que carregamos como brasa dentro de nós, chama revivida no torrão?

Este livro de arte, de um ensaio fotográfico em p&b, contendo os nossos retratos do verdadeiro espelho, de fato, a espessa realidade que aprendemos a ocultar, a dissimular, a nunca revelar a ninguém, mesmo àquelas pessoas mais próximas e em quem mais confiamos. Quem sabe nos ajude secretamente a revelar um pouco de nós mesmos, de nossa identidade oculta, com as nossas imperfeições e especialmente, o nosso grande medo.

Ao enxergarmo-nos assim, como nunca aprendemos a nos reconhecer, talvez possamos conjurar o monstro problemático dentro de nós mesmos, ou apenas aceitar que isso deva ficar mais exposto, como um nervo deslocado por força externa, que se atrofiou mas que foi por fim localizado.

E, dessa maneira, possamos compreender-nos com um pouco mais de lucidez, olhar para nós mesmos com alguma coragem remanescente, sem o espelho ilusionista, e ver-nos como nos fizemos ser.

Página a página.

Retrato a retrato.

Talvez algo possa mudar, reconstituindo-se, como um dia transformou-se, apenas aqui e para a nossa gente.

Resta-nos a esperança, depositada em cada um desses rostos que não vemos; é a nossa própria face que se ocultou talvez pela necessidade de sobrevivência, por uma escolha da evolução, numa estranha forma de inteligência para preservação de nossa espécie ameaçada; que num futuro breve uma nova geração, descortinada em auto-estima e coragem, estabeleça uma relação límpida e ética com a vida, e se refaça através de outros rostos ao redor, numa construção de solidariedade, confiança e destemor.

Quem pode saber?

Rufino Andorinha

Celan encontrou com Antônio alguns dias depois deste ter entregue seu texto para o livro.

"*Não poderia jamais imaginar um texto como esse, uma flecha envenenada, achei que você iria contornar um pouco, navegar com a franja da costa à vista... Obrigado, meu caro.*"

"*Celan, você fez aquelas fotos, são elas que contam a história real que todos podem ver, imagem por imagem, eu só escrevi a legenda, em preto e branco.*"

13. REVELAÇÃO FOTOGRÁFICA

Com o lançamento do livro de fotografias de Celan Gacilly, *Retratos do Povo de um Lugar*, inicialmente na Europa e meses depois em Austral-Fênix, sucedeu o que não fora previsto pelos dois autores. Quase nada aconteceu, na verdade. Nada mudou no país, a pressão já diminuíra sobre Celan, que vivia agora normalmente. Acabaram-se as ameaças anônimas, o livro teve um acolhida bastante discreta, a tiragem pequena esgotou-se sem alardes e sem nenhuma imprensa. Sem comentários e sem críticas. Sem palavras. Nas palavras certas, um enigma do silêncio, sem repercussão que se notasse, um fracasso.

O livro no exterior foi considerado estranho e surrealista. Em Austral-Fênix, aqui e ali, os amigos Celan e Antônio ouviram que o livro era realista em demasia.

Assim é a vida.

O livro gerou um telefonema, surpreendente, há muito esperado pelo fotógrafo.

"*Alô, Celan... sim, sou eu, Ana Carolina... você disse que queria conversar... irei por uns dias a Alma, posso encontrar com você... para conversar... só conversar.*"

Celan ficou emocionado pela perspectiva daquele reencontro. Perturbou-se como um jovem inexperiente, andou nervoso uns dias pela necessidade de causar boa impressão, procurou deixar tudo em ordem na sua vida, alterou agenda para ter seu tempo livre dedicado ao encontro e à conversa, cancelou uma viagem ao exterior para o lançamento do livro, deixando a missão solitária para Antônio como autor do texto.

Era como se a vida reconstruísse seu sentido, secreto e obscuro, seja ele qual fosse desde o acidente magistral do *big bang*, e um fantasmal estado de felicidade pudesse tornar-se concreto, mesmo que por alguns breves minutos. Aquela possibilidade de um reencontro tão improvável alegrou e preencheu intensamente os dias de espera do fotógrafo. Tinha guardadas algumas fotografias antigas de Ana Carolina, que intitulara como "*beleza suprema*" e "*integridade*", e que estavam constantemente reaparecendo em seus arquivos digitalizados de consulta de imagens, as que considerava realmente importantes.

Ela chegaria dentro de uns dias, vindo desde Analeoa, para onde tinha se mudado há muitos anos.

Na cabeça do fotógrafo, ela tinha chegado mil dias antes e para ele o tempo estava parado, como cantavam os poemas de duas canções populares em Austral-Fênix.

Os esforços pela captação das imagens impossíveis, a invenção do equipamento para obtê-las, o tempo dedicado para a realização do ensaio fotográfico, o acidente na estrada, os riscos assumidos, a árdua criação do livro de arte, os investimentos, tudo se compensara pela ligação recebida naquela manhã luxuosa, o que justificava a sua atividade, a permanência naquele país distante e a sua própria vida. Um dia, dois dias, três dias de harmonia e convívio com ela significariam o sublime para Celan.

A vida era algo extraordinário e raro, uma sorte incomparável para cada um de nós, se pensarmos que essa minúscula fração de tempo de fruição é uma dádiva do acaso, concedida aleatoriamente pela natureza a cada um que consegue sobreviver, por alguns meses, por 50 anos ou até mesmo por 100 anos. Será sempre apenas isso, um pequeno traço no imenso espaço, um tempo único em que poderemos deixar uma diminuta contribuição para as futuras gerações de nossa espécie e de outras espécies. Celan pensava nisso enquanto lembrava da assombração do deserto provocado, da substituição da floresta nativa pela plantação extensiva de cereais para o projeto do biocombustível planetário, do livro dos retratos sem cabeças. Esses pensamentos mesclavam-se a todo instante no cérebro fragmentado do carassotaque, com a idéia da sorte compensatória, contida naquele reencontro tão fervorosamente desejado.

Antônio viajou naqueles dias para a Europa, para as sessões de autógrafos do livro *Retratos do Povo de um Lugar,* programadas em Portugal (Lisboa e Porto) e na Espanha (Madri e Barcelona) e ficaria por lá umas duas semanas. Recuperaria a sua face por esses dias.

Celan recebeu Ana Carolina no aeroporto. Como era um carassotaque, reconheceu-a imediatamente pelo rosto e foi também logo identificado por ela na chegada. O reencontro foi bom e intenso. Melhor do que ambos esperavam.

Reacendeu-se a paixão de outros tempos e constataram o quanto tinham em comum, características que se acentuaram no decorrer dos anos. Estiveram distantes fisicamente, mas só fizeram aproximar-se e assemelhar comportamentos no tempo em que não se viram.

Ana Carolina hospedou-se num hotel, como estava previsto, apenas nos dois primeiros dias, mas logo depois mudou-se para a casa de Celan, permanecendo lá por todo o mês. As semelhanças, as intimidades, os seus desejos, a redescoberta da companhia, o contrato existencial nunca rompido reativaram o prazer do convívio cotidiano. Para Celan tudo voltara para os lugares certos, o equilíbrio das coisas no universo se restabelecera, aparentemente Carolina também expressava a mesma felicidade na qualidade e na delicadeza daquele reencontro.

Celan a fotografava constantemente com sua máquina digital e colecionava as imagens dessa luminosidade nos seus arquivos e em impressões fotográficas. Num determinado dia, comentando sobre a força das imagens contidas no livro dos retratos, ela pediu-lhe que a fotografasse com o equipamento, o *Especular Gacilly*, com o qual ele realizara o ensaio fotográfico para o livro.

"*Faz meu retrato de autêntica feneciana?*"

Ele recusou-se a fazê-lo, aquele retrato não lhe interessava naquele instante. Ela insistiu. Ele protelou como pôde, escapando como um felino arisco, subindo pelas paredes, dizendo que o faria em breve, no futuro, quando existissem as condições adequadas. Ficava indisfarçavelmente constrangido com a idéia de ver um retrato de sua amada Ana Carolina sem o rosto, o belo e significativo rosto presente à sua frente naquele instante e que estivera todo o tempo em seus sonhos, em sua memória.

"*Que é isso, Celan? Você fotografa sem pudores, jornalisticamente, todo mundo nesse lugar e agora tem medo de me fotografar?*" Carolina divertia-se com o seu desconcerto e a sua insegurança. Ela usara provocativamente a palavra *medo* em sua inquirição ao parceiro.

Essa era uma outra verdade, a agilidade mental, a inteligência brilhante, a precisão de seus argumentos e o lindo som da risada dela, que ele adorava, deixavam-no inseguro. Porém ele gostava muito dela, em qualquer tempo, circunstância e palavra.

"*Alternativa um, alternativa dois, alternativa três, alternativa quatro, ou todas as alternativas fora dessa seqüência, de maneira aleatória?*", atiçava ela, maliciosa.

Ana Carolina e Celan viveram intensamente aqueles dias felizes. Isso já acontecera antes de modo exatamente igual para os dois, e por algum motivo inócuo e caprichoso que, perigosamente, já fora esquecido, eles deixaram que aquela etapa de suas vidas se perdesse. Tentariam mais uma vez perpetuar o que estavam vivendo naquele momento.

Eles foram juntos ao aeroporto receber Antônio, que Ana Carolina ainda não conhecia. Ela vira apenas a fotografia que o mostrava sem face, publicada no livro dos retratos, o que ajudava pouco para um reconhecimento em local público.

"*Este é Antônio, aliás, Rufino Andorinha, o autor do texto do livro, e aqui...*", disse Celan, fazendo as apresentações.

"*Ana Carolina, feneciana, como você bem pode ver*", interrompeu a moça, enquanto os dois se olhavam, com surpresa, percebendo o fato e em seguida riram todos, inclusive o fotógrafo, este sem bem entender o motivo.

Seguiram para o estúdio fotográfico para que Antônio fizesse um relatório dos fatos ocorridos no lançamento europeu. Antônio explicava da incredulidade generalizada nas quatro cidades sobre a temática dos sem-cabeça fenecianos.

"*Eles não acreditam, Celan, olham as imagens e desconfiam todo o tempo que existe algo escondido, acham que tudo é bizarro demais, é estranho demais, e simplesmente, no final, não acreditam. Comentam o ensaio fotográfico como impressionante, mas, acho que na verdade não acreditam em nada daquilo...*"

"*Escute, Carolina, em Barcelona me perguntaram se a fotografia da página 79 era a que mostrava o meu retrato... sem a face e sem a cabeça. Confirmei, daí todos me perguntaram como era possível que estivessem vendo o meu rosto ali mesmo, normal, na frente de todos, no meio *da sala, se tudo aquilo não era um embuste, uma montagem fraudulenta. Eu tentei explicar do melhor jeito que pude, mas acho que não convenci ninguém... é difícil convencer alguém lá fora...* até os carassotaques *aqui mesmo não se convencem senão depois de muito tempo..., têm uns até que inventam artefatos para provar a si próprios o que não conseguem ver de verdade"*, ria Antônio sinalizando o amigo fotógrafo.

"É, Antônio, acho que essa foto aí no livro já é meio histórica mesmo. Eu, por exemplo, ainda não consegui que o Celan me fotografasse desse jeito, com o Especular Gacilly. *Será que você não me ajuda a convencê-lo a fazer essa foto que eu tanto pedi, podemos inclusive fazer um retrato desses juntos agora, eu e você, o que você acha?"*, insistiu Ana Carolina.

Antônio olhou em silêncio para ela, durante vários segundos, entendendo ao que ela estava querendo chegar, virou-se para Celan e pediu-lhe que fizesse a foto dos dois.

O fotógrafo tentou esquivar-se novamente, mas dessa vez não foi possível. A contragosto teve que buscar o equipamento e preparou o novo retrato no pátio externo do estúdio. Fez fotografias dos dois juntos e disse a eles que as revelaria mais tarde, o que Ana Carolina não aceitou de nenhum jeito, justificando com sua curiosidade feminina.

"Como assim, mais tarde? Estou pedindo isso há vinte dias e você diz que fará mais tarde? De jeito nenhum.

Agora que a fotografia foi feita, você tem que revelar, eu quero ver o resultado!" Ana Carolina impôs sua vontade, com autoridade, e Celan teve que se fechar no laboratório escuro para revelar o retrato indesejado.

Antônio e Ana Carolina ficaram na sala do estúdio conversando sobre outros assuntos enquanto esperavam a revelação fotográfica, numa expectativa ansiosa que o resultado fosse o que ambos imaginavam.

Celan fez o processo cuidadosamente como era o seu hábito, e ficou ali, pasmo, olhando as ampliações à sua frente. Demorou para entender, de fato não entendeu a contradição exposta, preocupou-se, examinou o equipamento mais de uma vez e concluiu por uma avaria ou uma desregulagem acidental na angulação das lentes especulares fixas.

Voltou à sala e comunicou o fracasso aos outros dois. "*Acho que o equipamento desregulou por algum motivo, creio que as lentes perderam a angulação precisa. Não consegui fazer as fotos sem as cabeças, os rostos estão ali, bem focados, bem aparentes, sorridentes, as fotos com as cabeças aparecendo normalmente, como eu vejo vocês sempre*", comentou com desânimo o fotógrafo frustrado, procurando se justificar.

Ana Carolina e Antônio começaram a rir e Antônio esclareceu a novidade ao amigo, que ainda não tinha percebido nada.

"*Celan, seu equipamento está perfeito, milimetricamente regulado. Você não percebeu porque é um* carassotaque *mesmo! É a continuação da conversa lá de Barcelona. O que acontece é que as nossas cabeças estão visíveis agora. A minha e a da Ana. Eu vi o rosto de Ana Carolina lá no aeroporto, ela também viu o meu rosto, o que significa que eu cheguei e a minha cara não desapareceu como sempre aconteceu nas chegadas à Austral-Fênix. Não me pergunte a razão, que eu não sei. A Ana me falou que já faz algum tempo que tem a sua cabeça aparente, desde Analeoa. Só que você não pôde perceber isso quando ela chegou, porque sendo* carassotaque *você a viu por inteiro, como vê a todos os fenecianos. Quando ela pedia o retrato era um teste, para mostrar isso a você, mas você não entendeu a solicitação dela. Ficou atrapalhado e protelou."*

"Celan, inclusive tem mais gente feneciana com a cabeça reaparecendo lá por Analeoa, acredite. *Não aconteceu somente comigo ou com o Antônio, agora. São poucos, na verdade, mas estão aparecendo aqui e ali, eu acho até que o livro de vocês tem algo a ver com isso,"* acrescentou Ana Carolina.

Celan ficou olhando para os dois em silêncio. Se isso estivesse acontecendo mesmo, ele consideraria como um fenômeno extraordinário, apenas não acreditava na afirmativa final, o livro nunca teria nada a ver com aquilo, atribuía o comentário a uma delicadeza dela a ele, estava convencido de que aquele era um assunto particular dos austral-fenecianos.

14. "ALGO ESTÁ MUDANDO, LÁ PARA OS LADOS DO GOLFO..."

Os acontecimentos começaram a ocorrer numa outra dinâmica em Austral-Fênix. Nada saía noticiado na grande imprensa, mas havia uns comentários entre as pessoas, e esse jornal oral disseminava as novidades com extrema rapidez e precisão. A *internet* estava contribuindo para contornar os controles oficiais da informação.

Comentava-se que se estava organizando uma manifestação pacífica em Polinésia, reunindo talvez mais de 200.000 pessoas em defesa do meio ambiente feneciano, contra a implantação daquela matriz energética que substituía e destruía a floresta. O que era notável porque, se efetivamente ocorresse, seria a primeira manifestação pública de massa, espontânea, contrária às imposições governamentais, desde que Celan chegara ao país. Isso sem contar que, evidentemente, nada semelhante ocorrera durante os tempos da ditadura.

"*Não sei se ocorrerá mesmo, é difícil saber, não existe essa história anterior...*"

"*Mas dizem que vai acontecer, disseram até que estão vindo correspondentes do exterior para cobrir o evento. Verifique com os seus amigos, lá fora.*"

"*Quem organiza?*"

"*Falaram que estão uns grupos ambientalistas e há*

estudantes universitários por trás de tudo, mas o maior grupo é a própria população, protestando contra esse biocombustível que não se sabe direito o que é, e que resulta nessas plantações extensivas que derrubam e substituem a floresta, todos têm medo do que pode acontecer no futuro..."

"O governo alega uma política estratégica de segurança nacional para garantir a energia do futuro..."

"Sim, em empreendimentos de grupos privados estrangeiros visando apenas a exportação, ao custo do desmatamento da floresta e extinção da biodiversidade..."

"Falta clareza, diálogo e transparência."

"Mas não falta intimidação, sempre a tradicional opção pelo medo, algo foi publicado num jornal sobre o deslocamento de uma força especial de choque para conter os distúrbios e os motins em Polinésia, mas como serão os confrontos com um grupo pacífico de gente se não forem apenas os provocados artificialmente pela truculência desse grupo militar treinado para a violência?"

"Tropa de choque com escudos, capacetes, coletes blindados, bombas de gás, balas de borracha, jatos d'água, caminhões couraçados, pitt bulls ferozes..."

"...contra uma palavra de discordância, de dúvida e de defesa do meio ambiente."

"Violência militar contra a não-violência civil..."

Ana Carolina ouvira falar de uma outra novidade entre os manifestantes de Polinésia, que havia um grupo que estava sendo chamado de *caraspresentes* e comentou isso com Celan.

"*Parece que existe um grupo novo de* caraspresentes, *ou seja, um grupo de jovens com as cabeças e rostos aparentes, que não são carassotaques, são fenecianos mesmo. Acho que você deveria ir até lá para ver e documentar isso com o seu* Especular Gacilly. *Só você pode fazer isso, somente você tem o equipamento adequado.*

Celan escutou a namorada e compreendeu o alcance daquela proposta, agora o seu equipamento se tornaria útil por mostrar as cabeças visíveis em meio a cabeças ausentes, todas elas austral-fenecianas, não mais a distinção tradicional e preconceituosa atribuída aos *carassotaques*. Aquela era a notícia interessante, fazia sentido como continuação lógica do trabalho de documentação fotojornalística que ele vinha realizando há algum tempo.

"*Jamais poderia imaginar isso, fotografar o conjunto da massa sem as cabeças para comprovar a presença de algumas cabeças dos próprios fenecianos, agora o equipamento teria uma função ainda mais importante...*"

Ana Carolina fornecera a boa idéia ao fotógrafo.

Trazia um problema pelo volume e menor portabilidade do instrumento comparado à agilidade das máquinas fotográficas digitais, mais adequadas a eventos arriscados como aquele. Essas, contudo, jamais alcançariam o resultado significativo, não registravam as cabeças ausentes. Era um risco calculado e uma sorte peculiar pela qual ele se decidiu, depois de pensar algum tempo.

Havia o problema adicional do posicionamento ideológico do fotógrafo. Essa é a situação permanente, a eleição de quem fotografa, ao lado de quem se fica, em que perspectiva deveria posicionar sua câmera? Robert Capa estava ao lado do soldado republicano espanhol quando fez a fotografia célebre de sua morte em movimento, ou seja ele próprio, como fotógrafo, era o alvo paralelo na pontaria de quem feriu mortalmente o soldado.

As fotos de Celan estariam sendo captadas dentro do espectro da manifestação, cabeças visíveis junto às cabeças não visíveis, sob a mira e vigilância das forças de dissuasão, no vértice de atração dos jatos d'água, das bombas de gás, das balas de borracha, das mandíbulas dos cães, ele no papel de objetivo militar perfeito, mais lento com sua volumosa bagagem de trabalho.

Caraspresentes.

"Caraspresentes. *Quem contou isso a você, Ana?*", perguntou Celan.

"*Os* caraspresentes *ainda se contam reduzidos, mas estão aparecendo como pipocas em todo o país, uns em Analeoa, alguns aqui em Alma. Agora soube pela* internet *que já são vários lá em Polinésia, estão se reunindo vindos de diversos locais para aparecer formando um bloco unido na manifestação ambientalista. Eu mesma irei para lá para participar, estamos combinando os detalhes para o encontro, vamos juntos nessa?"*

Ana Carolina fez o convite a Celan.

Ele topou e eles compraram as passagens de avião para Polinésia. A coisa prometia ficar quente, nos próximos dias. Havia tensão crescente na atmosfera e Celan estava levando seu equipamento mais especializado, na bagagem de profissional das imagens.

Achava muito interessante o que estava acontecendo, primeiro os rostos e cabeças foram sumindo e desapareceram por completo no país inteiro, sem que se soubesse as razões fisiológicas do ocorrido. Ninguém soubera explicar e o fato assombroso transformara-se num tabu silencioso. Antônio tinha a tese, respeitável e literária, do medo. A ciência não explicava. O tempo passara e agora, igualmente sem provas científicas, mas respaldada em atitudes destemidas, iam reaparecendo cabeças e faces de diferentes gerações de fenecianos, aos poucos e em cidades espalhadas por todos os cantos do país. Era algo próprio dessa gente, não havia nenhuma influência externa, uma vez que para os de fora nada se notava. No exterior achavam que tudo corria normalmente entre os fenecianos, pois não conseguiam ver o que somente os daqui viam. Ou que já não enxergavam.

Isso que estava acontecendo era significativo e um impacto sério para os fenecianos.

Eles, que antes se viam todos sem as cabeças, solidaria e confortadamente, agora começavam a ver-se com diferenças físicas entre si, uns com rostos e cabeças e outros, a imensa maioria, sem as cabeças.

Caraspresentes. A notícia era empolgante.

Era uma mudança que não podia ser menosprezada, havia uma força interior mexendo com os valores daquela gente e isso iria modificar o cenário e a conduta das personagens em cena, no futuro.

Celan tinha certeza que tudo mudaria. Aquela promessa de uma reunião espontânea de protestos e confrontos em Polinésia bem que podia se tornar marcante e histórica, especialmente por causa daquele dado novo que permanecia secreto. A existência de *caraspresentes* na manifestação. Ele, como um *carassotaque* praticamente solitário, sabia dimensionar a importância daquele fato novo, caso realmente ocorresse.

Celan analisou o que se esboçava para Polinésia nos dias seguintes:

1. estava começando a ocorrer espontaneamente um processo de questionamento de decisões governamentais que afetavam o meio ambiente e geravam desmatamento de reservas florestais. Uma manifestação pacífica de protesto. Isso era uma novidade.

2. o governo reagia em silêncio, minimizando o fato junto à grande imprensa. Não era novidade.

3. organizava-se uma manifestação pública, intensamente divulgada pela *internet*, na ausência formal de outros meios de veicular notícias e agregar participação. Novidade.

4. o governo divulgava boatos sobre o envio de significativa força de repressão contra os manifestantes. A estratégia do medo e da intimidação. Nenhuma novidade.

5. aparentemente surgira um pequeno grupo de fenecianos com as cabeças e as faces visíveis. Os *caraspresentes*, que se organizavam secretamente entre eles, como

um grupo símbolo de resistência e renovação das atitudes dos fenecianos. Este, sim, um trunfo poderoso que representava a novidade de impacto junto aos cidadãos de Austral-Fênix.

Os dias seguintes prometiam ser bem movimentados. Ana Carolina e Celan partiram para Polinésia.

A manifestação pacífica de repúdio ao projeto energético que feria a floresta aconteceu, surpreendendo o governo de Austral-Fênix pela quantidade de pessoas que compareceu às ruas, mais de 600.000, com uma participação muito animada, gente de outras cidades, inclusive. Não ocorreu o confronto com a tropa de choque, que recebeu instruções, no último instante, para recuar e retirar-se, com as suas armas de intimidação.

Como não ocorreram os conflitos com os militares, a manifestação transcorreu de forma ordeira, pacífica e festiva.

Foram surpresas e mais surpresas.

A massa, inesperada nas ruas, numa contestação até então inédita contra um governo acostumado a impor suas decisões, sem enfrentar nenhuma objeção. A cobertura com notícias que acabaram sendo publicadas nos grandes jornais e nas redes de TV, repercutindo o fato inédito em todo o país. O fervor da multidão ao questionar o perigoso delito contra a causa ambiental, sinalizando o seu descontentamento sobre o descuido com a floresta. Esse fato foi muito noticiado em todo o mundo, para grande descontentamento das empresas entusiastas e investidoras no biocombustível transgênico. Cristalizou-se ali um impasse, que iria tornar complicadas para sempre, no futuro, todas as questões envolvendo o meio ambiente em Austral-Fênix.

O que realmente surpreendeu mais a todos, e é a permanência de memória daquela manifestação nas ruas, foi o surgimento do grupo de fenecianos *caraspresentes*, notícia que se espalhou como uma bomba incendiária por todo o território feneciano. Não era um grupo muito grande, mas foi o fenômeno marcante, do qual todos ainda se lembram.

Ana Carolina estava lá, *carapresente* fotografada entre os manifestantes. Celan foi o único que conseguiu registrar fotograficamente no acontecimento, a presença das faces em meio a um oceano de cabeças ausentes, e essas suas imagens inesquecíveis foram reproduzidas à exaustão em todos os jornais e revistas do país.

Celan recorda ainda das frases gritadas que escutou num certo instante, eletrizante, da passeata.

"*Algo está mudando lá para os lados do Golfo. Reapareceu um cardume gigante de* peixes-ouro, *como há muitos anos ninguém mais tinha visto!*"

Alfredo Aquino é artista plástico e escritor. Seu livro de contos A Fenda *foi publicado em 2007, pela Iluminuras. Lançou o livro* Cartas, *com seus desenhos e contos de Ignácio de Loyola Brandão, igualmente pela editora Iluminuras, em 2004. Edita livros de arte de outros artistas contemporâneos e exerce atividades como curador de mostras de arte contemporânea, escrevendo regularmente sobre as questões vinculadas à sua área de criação e pensamento. A novela* Carassotaque *é sua primeira publicação em narrativa longa, Iluminuras 2008.*

aadesign.aquino@gmail.com
animaemk@uol.com.br
ardotempo@sapo.pt
Blog
http://ardotempo.blogs.sapo.pt

*Este livro foi impresso em setembro de 2008,
em A Garamond Corpo 11,8 Normal e Itálico,
em papel Pólen 90g para miolo e cartão
Duo Design 300 g em sua capa, com
laminação matte de proteção,
para a Editora Iluminuras, São Paulo
nas oficinas da Trindade Indústria Gráfica,
em Porto Alegre, Brasil.*